U0014312

今貝世界

貪，欲物也。從貝。今聲。

——《說文解字》

今貝世界，細說現代的貪，描繪追逐權、利、名、女色的種種醜態，揭露人性貪婪的各色面貌。

金控名人 丁予嘉 著

本書獻給所有心存貪念的人

願有貪念之人，能有為有守，要知「人心不足蛇吞象」的下一句是「世事到頭螳捕蟬」。讓貪念橫行的人，總會有被逮的一天。

作者序

我想寫小說有五、六年了，但一直只是有這個念頭，卻完全沒有付諸行動。去年底，逮到一個機會，加上自己對世俗之事略有厭倦，對人生的意義有較深層的認識，毅然決然，決定退休。

今年二月，我花了一個月的時間，構思小說的主題與架構，然後就是振筆疾書地寫了三個月，於五月底完稿。就第一次寫小說而言，可謂神速。以前寫專欄，因為是本業，速度更快，二、三十年來，寫了數百篇，論總經、談市場、評商品、教理財，都是直奔主題、文字簡潔、精準預測、從不模糊。寫小說，太不一樣了，來回閱讀數百餘遍，增補修飾、潤滑鋪陳、重組時序、醞釀高潮、延續氣氛，真是困難。

我的職場生涯三十多年，拜很會念書之賜，又是一個速度快的學習者，沒有做過基層職員，沒有從一而終的東家，每三年跳槽一次，做過各種職務，待過不同的企業。閱人無數，遇事繁多，有極為傑出的達人、有拯救世界的成就、有淡薄名利並謹守分際的平凡人、有令人振奮的突破、有扼腕搥胸的痛楚，也有怎麼學也學不到的貪婪、想破腦袋也搞不明白的女人心、令人髮指的背叛、完全猜不透的善變人心，五花八門，應有盡有。

明朝，羅洪先的《醒世詩》中的一句「人心不足蛇吞象」，「貪」是本書的主題。《說文解字》，貪，欲物也。從貝。今聲。

故貪可以拆成今貝二字。本書說的是現代的事，以「今」表之；「貝」也是現代的貝，泛指權、利、名、女色等。而貪念，人人皆有，故本書命名為《今貝世界》。

從我的生長歷程，與貪交手的經歷，在職場、業界看見的種種醜態，本書揭露人性貪婪的各種面貌。

丁予嘉於二〇二二年五月九日

目次

的，錢、權多到爆，卻整天為著更多的錢、權而煩惱、不安。對這些富裕的人而言，不貪，應該會比較快樂。

第一章

大難不死

坐落在光復南路、仁愛路口的市民住宅，是第三任臺北市市長黃啟瑞的傑作，紅瓦屋頂、白牆壁、不吝於開窗的兩層式小洋樓，每一棟有四戶人家，一樓兩戶，二樓兩戶，每棟之間有約三公尺的棟距，門口距離巷內的柏油路，退縮五公尺，一樓的兩戶，都各有個約十坪大小的小院子；二樓的兩戶，都各有不小的陽台，陽台柵欄是白色鏤空的花式柵欄，搭配著白色牆壁與落地窗，甚是好看。隔開院子與馬路的是一堵僅三十五公分高的紅磚矮牆。小院子裡有人種了綠油油的草皮，有人種了喬本的樹，有人種了草本的花卉，天氣好的時候，從大馬路右轉進來，走入巷內的柏油路上，綿延一百多公尺，盡是令人感覺舒服的院子，與那高低比例恰到好處的矮牆。

那個時代，這裡住著約兩百戶人家，都是臺北市的名人、有錢人。醫師、律師、演員、歌手，應有盡有。醫師、律師占多數，搬進搬出、更迭起伏亦多，有位名律師選中了市議員，後來搞緋聞，弄得身敗名裂；有位名醫，跟別人搞土地買賣，被騙得傾家蕩產。隨便講幾個演員，如常楓、孫越、胡錦，香港演藝圈的羅文與午馬等，都曾是市民住宅的住戶。

一九六〇年，元月初，臺北的天氣陰鬱得很，每天灰濛濛、沉甸甸的，讓人心裡不順暢。學生放著寒假，各處都喧喧鬧鬧的。蹦蹦跳跳、三五成群的小姑娘，跳著橡皮筋結成的繩子；七、八個小男生，嚷嚷著分國殺刀。時不時有家長叫喚自己的孩子快回家吃晚餐囉，但小鬼們無一理會，直到天色漸漸暗下，遠處悶悶的雷聲響起，小朋友們才意猶未盡地各自返家。

當晚，奇了，滂沱大雨，夾雜著雷聲與閃電。臺北的冬天，常常陰鬱、灰濛，如颱風般的急雨、驟雷，實在少有。

市民住宅旁有一戶灰底透一點點粉色的洋樓，面積約與市民住宅的一棟樓同大，卻只住著一戶人家，一樓是診所，二樓是住家。剛剛出去玩鬧的三個孩子，老大、老三是男生，老二是女生，老大長二姊兩歲，二姊長老三兩歲，他們用完晚餐，正吵著誰該洗碗、誰該擦桌子，忽然聽見媽媽在二樓叫喚：「快點收拾乾淨，上樓來幫忙！麥可生病了！」

兄姊弟三人相互對看一眼，媽媽的聲音跟平常不太一樣，語氣中帶著著急與驚慌。

麥可是他們最小的弟弟，比老三還小五歲。

大哥回應：「馬上！」

突然間，在一陣狂風夾帶著暴雨聲中，停電了！幾乎同一時間，媽媽也大聲驚叫：「又拉了！」

大哥、二姊點上了蠟燭，老三跟在後面，上了二樓。昏暗、飄忽的燭光，照在麥可的床上。三人驚愕地看到全身發紫的么弟，頭旁邊堆著一層一層的舊毛巾，最上面的毛巾已然濕透，媽媽正要準備抽掉。小屁股底下也是一層一層的毛巾，最上面那一條還有黃黃的糞水。

蠟燭插到燭台上、髒掉的毛巾抽換掉，四人稍坐，卻是相視無語。媽媽滿眼眶的淚水，有幾滴淚珠快速地流下臉龐，映著燭光，發出閃閃的光亮。

「我中午已經跟爸爸通過電話，」媽媽弱聲弱氣地說：「今晚應該趕得回來。」

「怎麼下這麼大的雨！好奇怪喔！」大哥邊說邊看著窗外，對街的市民住宅陷於一片漆黑。

丁家的爸爸是位醫生，雖不是全國知名的名醫，但在附近好幾公里的範圍內也是首屈一指。丁醫師以前是軍醫，畢業於上海國防醫學院，抗日戰爭時，響應「十萬青年十萬軍」，毅然投身軍旅，當過野戰醫院的院長，也曾隨遠征軍去過印度行醫。他的底子好、訓練又夠，診所病患絡繹不絕。丁醫師也常常受邀回花蓮看診，那裡是他一九四九年隨著部隊抵達臺灣的第一站，今天中午得知么兒病得不輕，就提前從花蓮趕回臺北。

滂沱的大雨沒有停歇的意思，雨水像用倒的一樣，復電也看似沒指望。黑暗中，媽媽帶著兄姊弟焦急地等候爸爸，時不時唸著天主經、聖母經，為麥可禱告。躺在床上的么弟則一動也不動，輕輕地呼吸著，眼睛閉得很緊，似乎在與病魔對抗，又好像對媽媽與兄姊的禱告有些許反應。

巷子裡傳來汽車的聲音，大家都很振奮。爸爸回來了！丁醫師進門，脫掉濕透、厚重的雨衣，裡面上等尼子的黑灰色西裝與褲子也濕了大半，領帶還沒扒下來，就拎著醫療箱往二樓跑。

昏暗的臥床上，躺著有氣無力的麥可。爸爸從醫療箱裡拿出事前就準備好的大針筒，吸入藥水，媽媽在一旁拿著蠟燭，供給充足的光線，丁醫師抬起麥可的右小腿，輕拍腳踝上的血管，兄姊弟三人在後面，高高低低地凝神注視。只見父親把偌大的針孔插入細小的血管裡，麥可完全沒作聲，靜靜地、一動也不動地配合著。丁醫師推針筒的速度異常地慢，等到藥水都推進身體裡，拔出針孔，才如釋重負，癱倒在椅背上。

「行嗎？他活得了嗎？」媽媽問。

生完老三，隔了五年才生的麥可集所有寵愛於一身，病重至此，怎能不叫人著急！

「明天早上就知道了。」爸爸緩緩地說。

大清早，冬陽高照，整個天空被洗得難得清晰。昨晚的暴雨狂風，好像沒有發生過。丁媽媽煮了咖啡、燕麥，烤了吐司麵包、煎了荷包蛋，麵包旁，一整罐阿羅利（Allowrie）牛油，自紐西蘭進口，白中透出一點淡黃色。那個年代，沒有幾戶人家吃得起這樣的牛油，大部分人用來抹麵包的油叫作乳瑪琳，是植物合成的假牛油。

丁家的洋房大門面東，正面是圓弧造型，開多扇窗戶，光線極佳，丁爸爸正在麥可的小床邊，檢查么兒的臉、身體、手、足，臉上露出一絲笑意，甚覺滿意。走到窗邊，他拉開窗簾，嘴裡同時喊著：「你們都過來看看吧！」媽媽帶著正在吃早餐的兄姊弟三人上樓來，看見會動的麥可，瞇著眼迎向陽光，身上的紫色已褪去七、八成了，右腳腳踝注射處腫腫的，像剛出爐的圓形小小饅頭。

「待會兒我送麥可去醫院打點滴，待個兩天，應可痊癒。」爸爸自信地說。

「到底吃了什麼東西？吃壞成這樣！」爸爸追問媽媽等四人。

「這樣的小baby，最怕急性腸胃炎，上吐下瀉，沒個停，會出人命的！」

這年，麥可剛滿兩歲一個月。精彩的日子，接著就來。

一九六二年三月，麥可未滿五歲，上幼稚園中班。這所幼稚園是天主教延吉街教堂附屬的幼稚園。麥可的媽媽在臺大醫院生下麥可，出院回家的路上，就在這所教堂暫停，約了荷蘭裔的何神父為麥可受洗。那時這個出生沒幾天的小傢伙還沒有中文名字，聖名麥可，就已經是他的代號了。

天主堂占地廣闊，黑色的鑄鐵欄柵做成的正門足有十多公尺寬，分左右兩扇，進入後，是一個長方形的廣場，接著就是很寬的二段式（中間半層樓處，有三、五步的平台）樓梯，通向二樓的聖堂。聖堂內是挑高的，足有三層樓高。樓梯的左右兩旁也有三、五階的樓梯往下，一樓就是幼稚園的教室、器材室、圖書區。聖堂主樓的右手邊是一片很大的草皮與小朋友的戶外遊樂區，左手邊與右手邊的大小等同，中間是一個正方形的花園，大樹林立，極是幽靜，石板鋪的小徑蜿蜒圍繞整個花園，小徑兩旁種滿了杜鵑花，花園中間還有一座白色的聖母瑪利亞雕像，花園後方是L形一層樓的平房，用木頭門窗分隔成好幾間，有兩位神父的寢室、起居室、餐廳、廚房。空間寬闊、意境神聖，教堂的每個角落都有洗滌人心的氣氛。

幼稚園只收了十多個小朋友，分大、中、小班，大多是教友的小孩，只有上聖經課的時候，全園的小朋友一起上，其他的課，則按照課程難易，讓大、中、小班分級上課。麥可所在的中班有六位小朋友，大部分時候都能和睦相處，偶有小小齟齬也無傷情感，一堂課的時間就忘了。

大班有八位學童，其中一個小朋友身材特別高大，比麥可高出一顆頭有餘，名字叫作陶凜正，這傢伙因為身材高大，力氣也大，常常欺負大班、中班的同學，搶同學的玩具、砸爛同學帶到幼稚園的小汽車、用整罐膠水塗抹在女生的長髮上，若有人嗆聲，這不凜不正的傢伙就拳腳相向，囂張極了。修女們諄諄善誘、好言相勸，好了兩天，第三天就依然故我。

一天，下課時間，小朋友都在草地、遊樂區玩耍，突然，一個中班的小男生大哭著追在陶凜正身後，卻怎麼追得上！陶凜正故意放慢速度，眼看著小男生就要追上了，他卻猛地轉身，抬起右腿，剛好踹在哭泣、奔跑著的小朋友臉上，剎那間，小朋友往後仰倒，鼻子噴出鮮血，放聲大哭！

陶凜正毫不在意，坐上翹翹板的一端，吆喝著：「誰來跟我玩！」

麥可氣極了，「陶凜正，你不要臉，大欺小！」

鼻血流滿面的小朋友，被幾個同學扶著去找修女。他住在市民住宅，就在麥可家斜對面，常常和麥可一起走路上學、放學，下雨天的時候，也同坐一輛三輪車，兩人交情不錯。

麥可衝到陶凜正身旁，右手用力一揮，「啪」的一聲，清脆地打了陶凜正一巴掌。因為陶凜正坐在翹翹板上，雙手抓著板上的扶手，跟蹲下去一樣高，姿勢使得他較麥可要矮許多，麥可才能輕易地呼了陶凜正一巴掌，若是他站著，麥可肯定是打不到他的臉的。

陶凜正也抓狂，站起來就是一拳，打在麥可的鼻梁上，痛極了不說，還眼淚狂流。麥可雙手掩面，就這幾秒鐘，等到雙手攤開時，確定沒流血，抬頭一看，一個大石塊飛在空中，往麥可的頭砸過來。

時間完全靜止了！如果被這塊比麥可頭還大的石塊砸中，麥可不是死，就是腦震盪，變成白癡，為了朋友仗義，這也太衝動了吧！

「我要死了！」麥可腦子裡瞬間閃過這個念頭。不知從哪裡來的力量，他雙腿扭轉，身體順勢往左一偏，但大石塊還是砸中了麥可頭部右側，頓時鮮血直流。麥可卻不驚不乍，右手按住傷口，一派鎮定地走向教堂大門口。

「叫計程車，計程車！我要回家！」麥可對著圍觀的修女、老師、半跑過來的神父叫著。

回到家，丁醫師止了血，在傷口上了藥，包紮好，說：「力道很大，腫了一大個包，還好傷口不大，不需要縫。」

晚上，全家議論著該如何處罰陶凜正。

「這個完全不知輕重的小鬼，一定要狠狠地揍一頓，讓他得到教訓，否則長大以後，肯定是個殺人放火的惡棍！」大哥激動地說，兄姊們也附和。

「我們家小麥可為朋友抱不平，伸張正義，做得很對，值得嘉獎！不過，你也要秤秤斤兩，人家那麼高大，你打不過，還衝動著要打，還好你命大！」爸爸說，「下次，別衝動，要用腦袋、用智慧。」

突然，門鈴響了，被陶凜正右腳踢中、鼻血直流的小朋友和他的父母親帶著禮物，走進客廳，跟麥可道謝！對陶凜正這種囂張行徑，眾人當然皆是一陣批判。

第二天，陶凜正沒來上學，他的父母親倒是來了，他們跟麥可道歉，跟所有小朋友道歉，但是於事無補，修女園長明確告知，陶凜正被開除了。麥可自此再沒有陶凜正的消息，一直到四十年後，麥可奮力拯救聯合投信時，陶凜正鼎力相挺，還因為這樣，結識了陶凜正的妹妹，兩人有一段精彩的戀情。

念小學四年級時，可能是課程太容易、課堂太無聊了，麥可貪玩的本事展露無遺。麥可因聰穎過人，課堂上隨便聽聽課，回家就看電視、玩積木、聽兄姊的唱片，從不複習，但每學期的成績，不是第一名，就是第二名；雖然只有中等身高，但是敏捷、腦筋動得快，也當上躲避球、籃球校隊隊長。那時候，小學一、二、三年級只上半天學，放學就回家，麥可每天走路上下課都會經過的稻田地（就是現在的國父紀念館，當時還沒開始蓋），除了種稻子以外，也有種番茄、地瓜、葡萄，當結實纍纍，每每看得麥可心裡癢癢的。以前膽子小，不敢偷摘，直到小四的時候，忍不住了。有一次，午餐過後，厭倦了打球、四輪溜冰、騎馬打仗，想換點新花樣，於是麥可慫恿同學，大家一起去偷摘農夫種的番茄，眾小鬼故意三三兩兩，分批出發。

下午第一堂課，老師走進教室，嚇了一跳，全班只剩下不到一半的學生。幾番詢問後，老師知道又是麥可帶隊，不曉得又要闖出什麼禍事，正準備通知訓導主任去稻田地逮人時，一位穿著麵粉袋大短褲，上身僅著一件破洞內衣的農夫，抓著麥可的手臂，後面跟著一大群鞋子上、腿上、短褲上滿是泥巴的同學，陸續走進學校。

「這些學生偷摘我的番茄，那也就算了，我去抓他們的時候，他們就在田裡亂竄，還邊跑邊笑，整個番茄園都給他們踏壞了！」農夫氣急敗壞地指責。

「就是這個，就是他！」農夫指著麥可的鼻子罵：「他還叫他們分散跑、繞圈子跑！」

麥可也生氣了，「不就是幾棵又矮又小的番茄樹，你犯得著往我頭上砸鋤頭嗎？」當時農夫不知從哪裡冒出來，嘴罵三、五字經，手裡也沒閒著，奮力把手中的鋤頭砸向麥可，要不是麥可機靈，躲得快，腦袋肯定遭殃，躲不過的話，又是一場大難！

就這樣，二十幾個小男生、小女生被藤條各抽三下屁股，麥可帶頭，抽六下，罰站一節課。農夫的損失，大家均攤，明天帶錢到學校來。

麥可回家，一五一十地跟爸媽報告，刻意略去躲過鋤頭的部分，當然，少不了一頓罵。

「明天能不能讓我多帶十份的錢，我知道有些同學家付不起農夫的損失。」

「十份！兩百多塊錢啊！」爸爸生氣地說：「你這麼慷慨，為什麼要我出錢呢？」

麥可撒嬌，「不是說『助人為快樂之本』嗎？拜託！拜託！」爸爸拗不過麥可，應允了，但這筆錢要從麥可的零用錢裡扣。

第二天，麥可帶著兩百多塊錢去學校，他暗中問導師，誰繳錢了、誰還沒繳？在麥可的心裡，有四位同學家中貧困，球鞋鞋底都磨破了，還繼續穿著，應該是真的付不出來的。結果，共有八位還沒繳錢。麥可私下、個別探聽預料之外的四位同學怎麼還沒繳錢，其中有兩個同學忘了，兩個是爸媽要去借，明天才能繳。

於是午餐吃便當時，麥可去教師辦公室，繳了自己的一份，並把分好的六份款項一併交給導師，「我幫他們出！請老師私底下跟他們一個一個地說。」

導師驚訝到無言以對，心中佩服：「這小鬼慷慨助人，很直接但不莽撞，懂得暗察需要幫助的同學，並請老師私下個別告知，給人留面子。」

血性、重情義的性情，自小便充分展露。

第二章　賭場

「就這麼一點點點心，吃不飽的！你邀大家來跳舞，要周到一點啊！」媽媽在點心桌前提醒。

「唉！妳不懂啦。」麥可語氣中有點不耐煩。「你們快點走吧！等到朋友陸陸續續到了，看到妳和爸爸還在，會不好意思的！」

一九七四年十二月，麥可即將滿十七歲，高二。他邀了十五位男同學，有現在的高中同學，也有幾位以前的國中同學，加上十五位女學生，北么、中山、育達、銘傳，各校都有。前兩週，他就慎重其事地說要在家開舞會，慶祝即將到來的生日，要求爸媽出去吃頓好的，飯後去看場電影，好讓來跳舞的同學們盡情玩樂。

丁家的一樓很寬敞，前半部是診所，分為藥房、掛號間、候診室、半套洗手間、診療室；後半部是自家人的客廳、餐廳。把餐桌搬到後院，椅子、沙發靠牆，整齊擺放，十五對男生女生同時下場跳舞都不嫌擠。後院除了有一個L形磚砌的矮花圃，與後牆間隔著適當的距離，還有廚房、頗大的衛生間和一間小臥室。

這晚，不分男女都花了點心思裝扮，個個俊挺、漂亮，一開始的氣氛就很熱絡。

值得一提的是，那個時代，年輕人沒有Disco店、沒有KTV，要跳舞，就得自己開舞會。開舞會，最困難的是找場地，能夠在自家開舞會，場地又夠大，少之又少；而父母親開明，能讓子女在家跳舞的，更是鳳毛麟角。

當年，常見的做法是找個快要完工的空房，男生要張羅搬音響、搬唱片（LP）、租椅子、布置簡單的彩帶、氣球、燈光，忙成一堆！

有趣的是，這類舞會通常都會引來當地的小混混打擾，叫作「砸舞會」。砸，有各式各樣的砸。

對主辦人來說，要先跟地頭蛇打招呼，讓在地的也進來玩玩、喝喝；沒打好招呼的，輕則奉上幾包長壽或總統牌香菸作為彌補，重則音響被砸、大打出手，驚動警察。

麥可辦的舞會當然不同！場地好、音響棒、燈光佳，跳舞的音樂更是經過精心挑選，不現場放唱片，一方面怕出錯，二方面怕把麥可家西德進口的德律風根（Telefunken）唱盤、唱針弄壞了。幾週前，麥可就與同班的胖胖一同把各自家中的LP攤開、選歌、排歌，然後按順序一首一首地在唱盤上放著，擴大機接上卡式錄音機，一首一首地錄下來。費心費時，製作了九十分鐘的卡式錄音帶，足足有兩卷！

歷久不衰的歌有：〈The Temple of the King〉、〈Do it Again〉（跳恰恰的）、〈If You Leave Me Now〉、〈Stairway to Heaven〉（先慢後快）、〈Let's Twist Again〉、〈Travelin' Band〉（跳扭扭舞的）、〈The Coldest Days of My Life〉（最後緊抱的結束曲）。

十五年後，因為這場舞會，牽起兩樁姻緣。

一樁離婚收場，一樁雖不是真的結婚，但同居多年，男的英俊挺拔，女的氣質出眾、明眸皓齒、一臉聰明樣，後來當了演員，曾小小紅過。男的叫復生，軍人子弟，眷村長大，父親好像是少將退伍，晚年得子，對復生寵愛有餘，卻教導不足。從小打打殺殺，闖了很多禍，查查當年的少年隊檔案，就會發現這麼一號人物。

復生的資質不錯，加上一點運氣，讓他插班考上了麥可的隔壁班，下課時，常常與同學三五成群在走廊上聊天。

「幹！前天丁尬在家開舞會，屌得很！」復生大聲地讚揚。丁尬是麥可高中時的外號。

「馬子都找得很屌！」胖胖附和著。

麥可在遠處聽到了，微笑著，慢慢走到復生這一群來。

「幹！家裡很凱嘛。」復生斜著眼看麥可，站著三七步，左腿邊抖邊說。

「改天幫你介紹幾個兄弟，真的大咖，有事，幫你！」復生的右手搭在麥可的肩膀上。

雖愛玩卻純真、傻乎乎的麥可說：「OK，改天請你去香港喝啤酒。」所謂「香港」，指的是學校對面那家店名叫「香港」的餐廳。

快放寒假了！這一年的冬天，臺北依然陰灰陰灰的，令人提不起勁兒。週六下午兩點，麥可騎著他的英國萊禮（Raleigh）內三速的腳踏車，與胖胖、老趙在學校會合，準備去赴唐復生的約。約定地點在一棟老舊公寓的二樓，離學校很近，走路晃過去，不過三、五分鐘。

「待會兒你們稍安勿躁，要會看狀況！」老趙一副老鳥的口氣叮嚀著。老趙的教室座位在麥可隔壁，是混泰山的，書包裡常常藏著扁鑽，防身兼炫耀用。

「有點興奮！這輩子沒去過賭場。」麥可說。

「有啥興奮的！普通得很！」老趙講得稀鬆平常。

言談間，三人便抵達約定的老舊公寓前。門口兩、三公尺處，一個國中小男生坐在一輛未發動的野狼機車上，兩手握著機車的握把，右手大動作地催油，嘴裡「噗噗」地叫著，好似正騎著車高速奔馳。

三人上了樓，按了電鈴，一個留著長髮、看上去比這些高中生年長一些的女生臉上沒啥笑容地前來開門。陽台上好多雙鞋子，亂亂的。進入室內，只見一張大圓桌，鋪上一片白色塑膠布，桌邊坐著五個男的，撲克牌、籌碼、菸盒、菸灰缸、酒杯擺在桌上，也亂亂的。

桌子後面有一組深綠色的破舊沙發、一張不小的茶几，茶几上有塑膠杯、菸、菸灰缸、沒開封的撲克牌，也是亂亂的。

再往後就是廚房，往左應是臥室區。這賭場，就是一間再普通不過的住家而已。

復生坐在沙發上，攤開手，示意老趙等人坐下，並遞上菸。剛才開門的女子拿出兩瓶啤酒、三個塑膠杯，並坐下斟酒。

「放心！都免費的。」復生說。

圓桌上，一陣五字、七字經亂罵，夾雜著拍桌子、跺腳聲、大笑聲。分貝極高、喧鬧不已！

贏家扯著粗啞的嗓門：「再來、再來啊！」有兩個人滿嘴髒話地站起來，拿著剩下的籌碼走進廚房，兌換了現金，頭也不回地走了。

贏錢的叫阿郎，約有一八〇公分的個頭，小眼、長臉、鼻子塌塌的、嘴巴扁扁的，一臉土氣。

據復生說，這個傢伙混太保混得好像不錯。

「欠兩咖！有人要上嗎？」阿郎帶著濃濃的臺灣國語招呼。

「就是！現在才三點多，玩個幾把，一起吃晚飯去，我作東。」復生說，拉著老趙的手，「老趙打自己的，麥可打內場，胖胖喝啤酒、嗑瓜子。」

「打內場是什麼意思？」麥可問。

「內場，就是輸贏都算場子的，跟你沒關係，你就充個咖而已。」復生回答。

「來吧！」麥可爽快地答應。

「梭哈，會不會？」阿郎邊說邊數算籌碼，「每人五千，數數看，對不對？」

老趙一聲不吭，沉穩地數著籌碼。

麥可心裡想：「五千元！幹！打這麼大！」

這是一九七四年（民國六十三年）的冬天，麥可住家旁邊的麵店算是消費高的店家了，陽春麵一碗兩塊半、牛肉麵一碗八元；訂作一套筆挺的高中卡其制服兩百二；幹了五、六年的上班族，一個月的薪資約兩千元，比軍公教略高一些。五千元的籌碼，對幾個高二的學生來說，就是驚人的數字！

「反正輸贏跟我無關，隨便玩玩吧！」想著想著，麥可已把撲克牌洗將起來。

發牌的男生打開一副新的撲克牌，取出鬼牌，並將其餘的五十二張牌熟練地攤開。扇子般的圓弧，清楚展現在阿郎、陌生人、老趙、麥可的眼前，表示這是一副全新、正常、沒作假的牌。開門的長髮女生把桌上的菸灰缸、塑膠杯、麥可洗過的舊撲克牌、新牌的空盒子、塑膠紙等收拾乾淨，也給牌桌上的人送上水杯。

「我要一瓶啤酒！」陌生人說，精準地丟了一個籌碼給那女生。

陌生人比這幾個學生還要年長，搞不清楚歲數，大約三、四十歲吧，靜靜的人，不太說話。阿郎則是高三，他的學校離麥可的學校很近，是有名的流氓學校。阿郎每天不務正業，到處玩耍，可能會故意再留級一年，然後就去當兵。他很吵、愛說話、口中常發出一些聽不懂的喃語。

賭局已經進行了一個多小時，沒啥高潮，也沒幾次「眾梭」（all in），倒是進行到第三張、第四張的明牌時，常有一些激烈的叫戰，當然也伴隨著不小的賭注。

麥可看看自己的籌碼，覺得表現得不錯，有守有攻，真是稱了內場的職啊！

「五點半了，差不多了，我要回家吃晚飯了。」

因為輸贏不大，賭客也不堅持，大家算算籌碼，也就完事了。

「麥可贏了一千一百二十，記在帳上；老趙小輸六百七，阿郎最輸，一千兩百九十元。」復生宣布，把阿郎的錢給了陌生人。

「我沒帶錢，欠著吧！」老趙說。

「沒問題！下次扳回來。」復生高興地答應。

「下次扳回來？」騎腳踏車回家時，麥可想著，「輸錢欠著，贏錢拿現金！這麼好！」

天真的麥可，在父母、兄姊們的呵護下，生活優渥、未經世事，傻傻地以為壞人臉上會刻著符號，沒符號的則是好人！在誘惑面前，他就像是一張白紙，從小花錢張口，不虞匱乏，但從未經手幾千、上萬的錢。金錢的誘惑開始引領麥可一步一步地走向陷阱。

兩天後，上學日，復生私下邀了老趙、麥可，一起翹掉下午第三堂課，再去樂一下。偶爾翹個課，看場電影、西門町逛逛，稀鬆平常；翹課逛賭場，倒是第一次，緊張又刺激。麥可一口答應。而復生說，這次去一個不一樣的場子，麥可不由得更興奮了。

下午，翻過學校東後門的牆，這三個小鬼動作一氣呵成，熟練極了。

上了公車，往民生社區。下了車，走著走著，復生還沒開口，麥可就知道到了，一排四層樓的公寓，離進口處兩、三公尺，同一個國中小鬼，坐在一輛未發動的野狼機車上，依舊「噗噗」地叫著。

一樣是二樓，穿著迷你裙的漂亮小姐開了門，讓他們三人進去，裡面有三張鋪著絨布的賭桌，都坐滿了人，煙霧瀰漫，幾乎每個人都在抽香菸。後面，一張很大的原木桌上放著一個寫著「Bank」壓克力的小板子，籌碼整齊地放在有格子的木頭盒子裡。

穿迷你裙的小姐帶著他們三人再往裡面走，臥房區的門沒關，裡頭寬敞明亮，應該是兩間臥房打通的，沿著牆壁、窗台下，一排矮櫃呈ㄇ字形排列，櫃子上放著各式酒瓶與玻璃杯，木地板光可鑑人，中間是沙發組與三張茶几，配置得很好，看得出是高檔貨。

「唐大哥，近來生意不錯，待會兒要打賞我喔！」穿迷你裙的小姐親切地招呼著復生。

「大哥？他媽的！復生留級過，頂多十九歲，大什麼哥啊。」麥可想著。

「這個場子是我和幾個兄弟一起開的，不錯吧！」復生得意地說。

「水、酒、香菸招待，help yourself！」復生還秀了他的破英文。

「我們進來的時候，看見阿郎也在。」麥可說著，點了根香菸。

「有！他是常客。愛賭！」復生對著麥可說，「等會兒拚一下！上次你打內場，贏了他的錢，他昨天還在不爽呢。」

「我沒帶錢，算了吧。不如再幫你們打內場。」麥可說。

「豬頭啊！客人這麼多，哪需要內場？今天打自己的，借籌碼給你！」復生扯著嗓門說。

老趙在一旁不吭氣，面色凝重。

「有人離開了，兩個空位，上場囉！」穿著迷你裙的女生站在門口哆聲地說。

「丁尬、老趙，上吧！」

「我和丁尬分開打！」老趙邊說邊往外走。

兩人在Bank處簽字，各領了五千元的籌碼。麥可坐的那桌盡是陌生人，老趙那桌則有阿郎在座。

幾輪賭下來，麥可的籌碼已經快輸光了，他只覺得頭脹得熱熱的，手也有些顫抖，腦袋裡空空的，聽不見任何吵雜的聲音，耳裡只有不知從何處傳來的「我完了！我完了！」不絕於耳。麥可奮力想站起來，卻像是被鬼壓床似地，動也動不了。

不知道經過幾秒鐘，又或是幾分鐘，使盡吃奶力氣的麥可以雙手撐著牌桌，「啊」地大吼一聲，終於衝開不知哪來的孽障，站了起來。剎那間，全屋子的人都被驚嚇到，幹聲、靠聲、叫聲，混在一起。麥可顫顫巍巍、氣力用盡地說：「我休息一下。」

麥可走出公寓，扶著樓梯旁的把手緩緩下樓，冷冷的空氣、凜凜的風，讓他慢慢清醒過來。復生站在半樓層的階梯上盯著他。門口那騎著未發動機車的國中小鬼遞了一根香菸給麥可。這小鬼身高只有一米六左右，瘦巴巴的，但眼睛很亮，肌肉結實。

「你是把風的？」麥可吐著菸，問。

「好賺！跟著唐哥跑腿的。」說話簡潔有力。幾個字說明了為什麼幹把風的，也把自己的職位交代了。

「你叫什麼？」

「小紐！」

「紐約的紐？」麥可問。

「對！」

「丁尬，還好嗎？搞什麼東西啊！」復生邊下樓梯邊問。

「清醒一下！」麥可掩飾著心中的懼怕，「今天真他媽的衰，出來轉個運。」

即便心中驚懼，麥可仍盡力綳著面子，不能讓人看扁了。

再回到屋裡，依舊煙霧瀰漫。

剛才在外面的休息、清醒，讓麥可回過神來。貪念一起，就擋不住金錢的誘惑，這種墮落，不是他能承受的。但是，一進到屋裡，那股莫名的氣味、場域，吸著、看著，不自覺地，又在原來的牌桌坐下。

「幹！扳回來！」此時麥可心中只有這個念頭。

隨著時間一分一秒過去，外面的天色從深藍到漸漸闃黑。

賭客也從三桌併成了一桌，老趙小贏，結了前帳，已先行離開。「加倍」、「跟」、「棄牌」、「眾梭」的聲音，都因為賭累了，音量漸漸變小了。只有那個穿迷你裙的女生，口中哼著歌、滿臉愉快地收東西、掃地板、上茶水。這時的麥可，已經跟Bank又支了兩次五千元籌碼。

「兄弟們，差不多了，再打三把，場子要打烊了。」復生吆喝。

「ＯＫ！我沒差。」不認識的賭客說：「老子小贏。」

「正旺著呢！趕人喔！」大贏的阿郎笑著大聲說：「換了桌就開始旺，爽！」

麥可已經心灰意冷，沒聲沒息地，放下手中的撲克牌，「我還剩兩千五。」

「別生氣！明天再來，我阿郎陪你。」

「沒事！丁尬今天倒楣了點，一萬兩千五，記在帳上。」復生說。

這是一個晴天霹靂的數字、萬劫不復的數字、永遠還不完的數字。

麥可獨自慢慢地走著，仰望著黑夜的天空，滿心絕望。

到了家，一家人在看電視，飯桌上的剩菜整齊擺放著，一雙筷子、一個碗，也靜靜地放在麥可平常坐的位子上。鄭叔叔幫忙盛上飯，「餓了吧？都八點多了，趕緊吃。要不要給你熱一下青椒肉？」

鄭叔叔是丁醫師以前的傳令兵，退伍後跑了幾年的船，攢了點錢，想穩定地在陸地上生活，就來投靠以前的長官。他來丁家已經十年，自麥可念小二時就與丁家一起生活。

鄭叔叔是丁家的好幫手，洗衣、清潔、買菜、做飯樣樣來，常常還兼當鬧鐘，大嗓門地喊丁家小鬼們起床。他在軍中的結拜大哥也姓鄭，矮個子，壯碩無比，但不識幾個字。一九四九年隨部隊到了臺灣，退伍後靠打零工過活，孤伶伶的，頗為可憐。後來，鄭叔叔跟丁醫師提起這件事，麥可的爸爸一向仁慈，便在臺北縣鷺鷥潭的丘陵上買了一片橘園（現已被翡翠水庫淹沒），讓大鄭耕種。這橘園整理得很好，每年暑假，丁家都去山裡渡假，吃道地的土雞、野菜，過年時也一定會去賞橘，滿山遍野的橘子，甚是好看。

麥可隨意扒了半碗飯，就加入大家，觀看由羅傑．摩爾主演的美國影集「七海遊俠」，並一如往常般跟兄姊們討論劇情。即便外表偽裝如常，但麥可心裡虛虛的，聲音抖抖的，一直想著「怎麼辦啊」。怔忡不安間，影集結束了，麥可不需再假裝，他鬆了好一大口氣。每晚九點一到，就是兄姊弟幾人各自回房間念書的時候，在丁家，這是必須遵守的紀律。

麥可回到房間，在書桌前翻開課本，腦袋空的、胸腔鬱的，雙手扶在桌前，都像是要抽筋。「還好下午抽空跟媽媽打了電話，說是看手球比賽，要不然，真不知如何騙、如何演？」想著想著，眼淚就掉下來了。「我怎麼這麼失敗！」曠課、記過不斷，麥可的爸爸也曾被叫到學校，還被訓導主任上了一堂管教小孩的課，雖然爸爸嚴正地回敬主任關於壞與善的分別，強調預先假設孩子們都是壞的，以此角度去監看、管教，是教不好小孩的！但是當丁醫師回到家裡，便把麥可的小哥、麥可兩人叫到跟前臭罵：「老三，你是怎麼教你弟弟的！學校寄來的通知，不是曠課，就是記過。你姊姊和你大哥把你教得好好的，你們都是記功、嘉獎的好學生，怎麼到你弟弟就變了樣？」原來，丁家的教育是大的帶小的，父母從旁觀察、指導而已。

老三沒話可說，只能摸摸鼻子，認了。其實，麥可受的寵，全家皆知，老三功課忙，外務也多，麥可國小、國中的時候，小哥帶小弟盡心盡力，還常常拳頭伺候。隨著歲數漸漸大了，麥可活潑又有想法，小哥就改了高壓的方法，順著麥可的性格，僅在知識上給予方向而已。

這晚，麥可每想到家裡的人，爸、媽、大哥、姊姊、小哥，就掩著聲音哭泣。

他們實在太好了，麥可自覺不配生在這樣的家庭裡。

大哥初中大同、高中建中、大學臺大；姊姊初中市女（現今的金華國中）、高中北一女、大學臺大；小哥初中沒考好，但高中師大附中、大學臺大。沒有一個兄姊是漏氣的。

「我乾脆離家出走，真的去砍砍殺殺，混出個名堂來！」想到這裡，麥可雙手不自覺地握緊了拳頭。

「不行！我不是這塊料，我必須重拾書本，做個像樣的丁家人。」

才想振作，但只一下子，他又全身發軟地想到那筆還不起的賭債。

賭輸的第二天，上午的課程結束，午餐時間，教室裡吵得很，麥可拿了自己的便當，悶著頭慢慢吃。

「你們班的丁尬坐哪裡？」是阿郎的聲音，大而扁。他穿著不知從哪裡借來的夾克，混進學校，找到麥可的教室。

「要幹嘛！」麥可大聲應道。

阿郎衝到麥可的座位前，麥可也迅速地站起來。阿郎猛力一推，力氣大得很，兩個大步向前，用手肘把麥可架在教室後面的牆壁。「幹！去賭不帶錢！」

麥可無語，一方面不知回答什麼，一方面因為咽喉處被壓著，痛到沒氣可吸。

「喂喂喂！幹什麼呢！」唐復生也走進教室勸著。這時教室外面的走廊已站著許多看熱鬧的同學。

阿郎鬆開麥可，被復生輕輕地拉出教室，在走廊上，阿郎從沒關的窗戶探進半個身子，對著麥可大叫：「我今晚去你家找你！」

面對著同學們的關切，揣想著晚上阿郎出現可能導致的情景，麥可把便當蓋蓋好，再無食慾，只是痛不欲生！

下午第三堂下課的時候，老趙湊過來，神祕地輕聲說：「你被騙了，這幫人都是郎中，就是要宰你這隻肥羊。」

麥可無語。

老趙接著說：「賭債是要還的，但是，打點折扣，也是應該的。」

「怎麼打？」麥可問。

「找個更大咖的調解調解。這樣吧，我晚上帶你去見伊通公園的大咖，要不要試試？不一定會成功喔！」老趙有情有義地說。

麥可暈沉沉地點了頭，想著「只要有任何一線希望，一定要試一試」。

晚間，伊通公園很是昏暗，公園邊上，有一個用塑膠布搭起的麵攤，裡面只有三、四張小桌子，在寒冷的空氣中，爐灶上的蒸氣，氤氳飄向暗淡的日光燈，顯得格外清晰。

老趙、麥可來到麵攤，因為晚餐時間已過，裡面沒人。「老闆，來瓶啤酒，一盤滷豆乾、滷花生。」老趙熟門熟路地點菜。

「這個錢，我來付。」麥可說。

「幾塊錢的事，無代誌！」說著，老趙從他的大盤帽裡面拿出一根香菸，借了火，點燃了菸，和麥可你一口我一口地抽了起來。

沒多久，三個人從黑暗中走出來，走在前面中間的，一七〇左右的中等身材，三、四十歲了，兩旁的小弟大概二十來歲，也不太高大。老趙立刻站了起來，麥可也跟著起身。

大咖跟老趙點了點頭，在鄰桌坐下。

「有困難嗎？」大咖率先開口，「你們泰山幫的，沒事不會找我。」

「有件事，我們說不上話，想請張王出個面，調解調解。」老趙說著，手指著麥可，把去場子賭輸錢的事，簡單說了一遍。

「附中的，好學校。怎麼跟著北聯的混？」大咖看著麥可身上的制服。想來張王應該是他的外號，外省掛的。

「我與唐復生見過但不熟。這小子滿囂張的，是道上的後起之秀。我可以試試，不成，當我沒見過你，若有折扣，不管多少，泰山幫欠我一個人情。」大咖說著，再看了麥可一眼，「你他媽的，一臉富貴樣，羊牯！別混了，回家湊錢，還完了，就好好念書吧！」一連串地說完，張王右手揮了一揮，示意老趙、麥可可以走人了。麥可掏錢要付帳，大咖制止了。

回到家，快晚上十點了。「搞什麼啊，這麼晚才回家！」小哥訓斥著，「我看你這兩天沒有累積，心不在焉！」

「我也知道，明天振作！」麥可應允。

「累積」是丁家的小孩都清楚且努力實踐的做學問的方式。學問，是累積出來的，每天都有累積，不論多少，日復一日，經年累月，就會有學問、有成就。

「九點多的時候，有個傢伙來找你，說是你同學。」小哥接著說：「我看他的樣子，像個小流氓。自己注意點！」

「他媽的，真的找上門了！」麥可想著，回到自己房間，邊收拾書包邊掉眼淚，瞞著對自己最好的小哥，瞞著家裡所有的人，這樣的痛苦，從未發生過，巨大的壓力，壓得麥可喘不過氣來。

賭輸錢的第三天早上，麥可睡過頭了，鄭叔叔的一聲吼叫讓他瞬間跳醒過來。

「別這麼大聲好不好！」麥可埋怨著。

「你最近怪怪的，談戀愛了？」鄭叔叔走進麥可的房間，「晚飯只吃了兩、三口，帶去學校的便當剩下一大半。談戀愛，可以的；管好身體，也是重要的！」麥可沒理會他，匆匆忙忙地梳洗完畢，背上書包，戴著大盤帽，騎車走了。

到了學校大門口，等著他的不是教官，三個穿便服的男生，阿郎赫然在其中。

他們連推帶拉地把麥可帶進學校旁邊的巷子裡。阿郎用同一招，手肘抵住麥可的咽喉，另外一個傢伙則用力踹著麥可心愛的萊禮腳踏車。

「幹恁娘！錢呢？什麼時候給錢？」阿郎激動地嚷著。麥可被壓得喘不過氣，努力掙扎著想要推開阿郎，卻怎麼都推不開，「噢！」麥可的肚子被狠狠地搥了一拳，忍不住大叫了一聲。

一陣拳腳相向後，他們沒多說什麼就閃人了。麥可忍痛檢查著腳踏車，而後一聲不吭地推車走進學校的停車棚，蹲著、躲藏起來，一直到第二堂課的下課鈴響起。

走進教室，肚子的疼痛稍稍緩解，但面對愈來愈緊、愈來愈凶的逼債，恐懼與無措始終在麥可心中揮之不去，彷彿有一片鋼板從眼睛的位置橫插進腦袋裡，「我拿什麼還錢啊！」

因為遲到，蒸便當的鐵籠已被值日生抬走。午餐時，麥可打開冷涼的便當，又蓋上了蓋子，把便當收到抽屜裡，趴在桌上，蓋上夾克，期望能讓空空、脹脹的腦袋重新運轉。

「裝死啊！」復生有點用力地拍著麥可的頭。

「現在是怎樣？」麥可坐直起來，看著復生，「急什麼！會給你的啦！」

沒料到麥可會對自己大小聲，復生有一點驚訝，接著說：「好！有種！就今天晚上，再去找你。」

回到家，麥可跟家人打了招呼就直接回房間，換了便服，說要跟同學去看電影，便從後門走出去了。

鄭叔叔看到完全沒動過的便當，就去找小哥，「麥可最近不大對勁，你可能要注意一下。」

小哥說：「我也注意到了，晚上會找他談一談。」

麥可當然沒去看電影，他去了伊通公園，走到昨晚的麵攤，叫了一碗陽春麵，加了一顆滷蛋，問老闆，張王會來嗎？老闆點了點頭，沒吭氣。麥可等著等著，一直等到晚上八點多，張王出現了，一行共有五、六個人，他們說話的聲音很大，好像都喝了酒。

張王看見麥可，正眼都不瞧一眼，「你等我？告訴你，別混了，滾回家念書去！」

麥可無地自容，卻又不得不問：「北聯幫願意讓一點嗎？」

「操他媽的唐復生，這小鬼囂張得很，他說他想設計你很久了，沒得談，但看在老子的面子，可以少收你五百元。操！」張王接著叫道：「滾吧！老子有氣，再不滾，連你一起揍一頓！」

麥可從小養尊處優，從沒被別人這麼糟蹋過，頓感欲哭無淚，默默地離開麵攤，漫無目的地走著，也想過要去跳淡水河，了斷這一切。

九點多，回到家，戲還是得演，他不著痕跡地評論了沒看過的電影，並故作興奮地形容西門町的烤雞腿有多美味。

夜深了，小哥還在他們共用的書房看書，麥可說要去睡了，小哥卻攔住他，「你不想要跟我說什麼嗎？」

麥可愣住了，呆坐在小哥旁邊，突然，哇的一聲，嚎啕大哭，哭得傷心極了，眼淚、鼻涕混在一起，擦都擦不乾淨，完全停不下來。

小哥鎮靜地說：「哭吧！用力把委屈哭出來吧！」

幾個小時前，阿郎又來叫門，小哥出去，在旁邊的巷子內搞清楚麥可發生的事，雖然震驚，但，長麥可五歲的小哥畢竟是臺大三年級的高材生，對付阿郎這類小混混，綽綽有餘。當下，小哥對阿郎說：「一萬二，對誰都是個大數目，但我會負責，你大可放心，不過，不是一次，分個兩、三次，十五天內還清。此外，不許再惹我弟弟，搞毛了我，你們一分錢都拿不到！」

不知道事情經過的麥可繼續哭著發洩情緒，小哥耐心地在一旁守候。

「小哥怎麼知道我闖禍了？」哭聲漸歇，麥可詢問，緊接著又說：「我不想要家人知道！」

「我想要自己解決賭債，大不了，跟他們拚了！」

「我去混流氓，一定混出個名堂來，只是，我沒臉再待在家裡了，丟丁家的臉。」

麥可一連串地說了好多。大哭過後，這兩、三天的無助、鬱悶、懼怕、痛苦，一股腦兒地宣洩出來。

看著弟弟的模樣，小哥忍不住心疼，既想揍麥可一頓，但，可憐的么弟，已經承受這麼多了。

「我們現在要想辦法，怎麼還這筆錢！」小哥沉穩地說，「快過年了，每年爸爸媽媽都會給不少壓歲錢，你、我加起來可能有五、六千元，先還債！」

「好！我都沒想到。」麥可頓覺眼前出現一道曙光。

小哥接著說：「我還有一點積蓄，但大概只有一千元左右。那剩下的五千要從哪裡來？」

小哥略一沉思，「恐怕不能跟大哥二姊借，因為他們會跟爸媽說，那你就吃不完兜著走了。」

麥可點頭附和，「不然我過年時去賣財神爺，你知道，每年除夕、初一，都有不認識的人上門，喊著財神爺到了，不過就一張紅紙上畫著財神，醜死了，爸媽竟都還會給個五塊、十塊的。這很好賺啊！」麥可興奮地計畫著，「我們自己來畫，用金色的顏料，比那些黑色好看，又討喜！」

「那得要有人去賣啊！我不去。」小哥說。

「我去！我再找幾個好朋友幫忙一起賣，應該可以的。」麥可愈想愈是信心滿滿，「這畢竟是我自己闖下的禍。小哥，你放心，我用力跑個兩、三天，應該會賺不少。」

就這樣，生長在富有家庭的兩兄弟開始籌畫、計算起來，倒有幾分像是辦家家酒。

除夕的前兩天，小哥從外面帶了兩大綑包裹嚴實的紙張，上了二樓，拎進書房。麥可看了，興奮極了，是兩大落的財神爺。

「這麼多啊！多少張啊？」麥可問。

「一萬張！」小哥得意地說。

「太多了吧？我們只要賣個八百、一千張，就夠還錢了。」麥可計算著。

「沒辦法，印刷廠說一萬張才接，不過，算下來，一張只要兩分錢，成本總共才兩百元。」

說話間，兩兄弟挪出一千張，分成十份，用紙袋分別裝好，其餘的都先藏起來，用其他的書本蓋得好好的。

除夕下午兩點，麥可、賴皮、劉騷、阿龍等四個國中同班死黨約好在忠孝東路四段的頂好市場集合，麥可給他們每人一袋，裡頭分別裝了一百張財神爺，還面授他與小哥在家琢磨出來的賣財神技巧：如何開口、如何笑、如何稍微彎腰。也分配了每個人的路線，並相約四點半在原地碰面。四個小鬼就這麼興致勃勃地展開人生的第一次賣財神爺之旅。

兩個小時後，四張臉都略帶疲憊。

「這真不是人幹的！」劉騷搶先說。

「難賣！有幾個店家還趕人呢！」賴皮嘆息。

「沒人給五塊！就你家！都是五角、一塊的。」阿龍抱怨著。

麥可也心灰意冷，「大家辛苦了，謝謝！這跟我們原先想的完全不一樣啊。」

原先，麥可與小哥計算，每張財神的本錢兩分，每張賣個三、五元，堪稱一本萬利，不但能還上賭債，還可以大賺一筆。誰料麥可與小哥根本不知人間疾苦，更不知道沒有店家會跟丁爸爸一樣出手大方。這個家家酒辦得有趣了！

四人算了算，總共賣出七十八張，麥可成績最好，也才賣出二十九張而已，總進帳九十八元。

錢真是不好賺啊！

悻悻然地，四人各自回家吃年夜飯。即便出師不利，麥可還不死心，約了隔天再去西門町試試運氣，打算把武昌街、成都路、漢口街、西寧南路等能跑的熱鬧街廓全數走遍。因為過年的關係，許多店面都是鐵門深鎖，賣吃的倒是人潮洶湧。只是一如昨天，一張的收穫大多是五角、一元，四人也同樣飽受白眼與冷言冷語。賣財神，真的沒有想像中那麼容易。

大年初一，往年這四個小鬼都是殺到電影街看電影、大吃大喝，今年，過了一個太不同凡響的年。四十年後，這幾個兄弟提及此事，不禁莞爾，數落麥可當年的笨事，自也不在話下。

除夕夜，丁家自是重視。傍晚六點，豐盛的菜餚已經擺滿了餐桌。爸爸吩咐大哥準備，大哥明白地點了頭，帶著小哥，麥可也跟著，在家門口放了一大串鞭炮。

一如往年，這個時候最是熱鬧，鞭炮聲沒有斷過，過年的氣氛薰染著每個人、每家每戶，眾人都高高興興的。丁家也是一樣，飯桌上嘻笑打趣、和樂融融、相互敬酒，爸爸也略有準備地評評丁家小孩去年的表現，且當然要強調一下今年的任務與目標。

丁家的大哥將「長兄如父」的角色扮演得淋漓盡致，爸爸講完了，他還要幫腔一下，他對小哥跟麥可，尤其是麥可，叮嚀不斷，什麼要收起玩心、要考大學了、不要亂交朋友、生活的紀律不夠啊，囉唆得很。但大哥從不囉唆二姊，因為二姊最有紀律，成績又好，她在讀北一女中的時候，高二有一次的月考成績發布，她考了第二名，回家痛哭。這位姊姊從來沒考過第二名的，她念起書來，爸媽還常勸她，可以了、念好了吧、休息一下吧！相反地，小哥與麥可最常聽到的話卻是「去念書吧」。

年夜飯快吃完了，接著就是重頭戲：發壓歲錢。每人從爸媽跟前領了紅包，謝過，然後就是兄姊弟聚在一起，熱烈討論該怎麼運用這一大筆錢，要買什麼重要的、平常買不起的、心中最想買的。小哥與麥可附和著兄姊，心中卻清楚知道，今年是什麼都別想了。

小哥看著鄭叔叔收好餐桌，便吆喝著，賭錢！賭錢！全家人圍坐在餐桌上，開始玩起十點半，輪流做莊家。每個人的賭注大多是一、兩塊錢，只有媽媽下五塊。

幾輪下來，有輸有贏，大哥贏了一、二十元，得意地說著：「每年都贏你們的錢，真不好意思。」

「下大一點嘛！要不然，今年我又要贏錢了。」

「好！我下十塊錢！這把一定要贏！」麥可叫嚷著，心中卻滿是歉疚、不安、懊悔，「我賭什麼啊！輸了一萬兩千元，我為什麼要去賭場啊？我到底是怎麼了？跟著家人賭錢，是多麼地愉快高興！唉！」

又幾輪過去了，小哥輸了快二十元，心痛地喊：「不玩了！不玩了！」拉著麥可上樓，進了書房，得知賣財神的慘況，數了數兩兄弟加起來的壓歲錢，總共六千元。

「明天初一，我會再去試試運氣。」麥可低著頭說。

「再試一試也好。」小哥痛心地說著，知道麥可受盡煎熬，賣財神，更得低聲下氣、忍氣吞聲、受盡凌辱，小哥想：「做錯事，就得承受後果，鍛鍊一下，希望能刻骨銘心。」

大年初二傍晚，小哥回到家裡，找到了麥可，「還了八千元！這是你在賭場簽的借籌碼的單子，還有一張，剩四千元，再想辦法吧。眼前，至少沒人再來欺負你了。」看著流淚的麥可，小哥繼續說：「你別管了，剩下的，我來處理，過完年，心收好，書念好，就可以了。」

從小受盡寵愛、懵懵懂懂的麥可，經歷了這次烙印在心中的大事，終於長大了！

第三章 The Firm（這家公司）

飛機平穩地降落在香港啟德機場，麥可西裝筆挺，帶著隨身的公事包，從商務艙走出機場，看到舉著他名字的牌子，上前示意，「我！」隨著接機的人，走到一輛黑色Mercedes S320旁邊，接機人員恭敬地開了後車門，跟駕駛說：「Number 3, Garden Road。」

這是一九九四年五月，麥可三十六歲，早已是歸國學人，美國名校的經濟學博士。他於一九八八年返臺，在臺灣最大的研究機構做了三年的研究，後來又應聘到臺北的兩所國立大學企管系擔任合聘教授，教了三年書。

麥可還是住在老家光復南路，只是，早些年前，老家前面蓋起大樓，挖地基時，掏空了丁家部分地基，逼不得已，只好拆了原來的兩層洋樓，自家改建，蓋了棟六樓華廈。一樓還是診所，只是丁醫師看診時間少了，半退休狀態，與媽媽住在二樓；鄭叔叔住地下室，仍然打點著丁家的大小事情；三、四、五樓租給別人；麥可與老婆、一兒一女住在六樓。

大哥在英國名校拿到心臟學博士，是臺北最大的公立醫院的心臟內科主任、醫學教授，在臺灣得過十大傑出青年、國科會傑出研究獎、青年獎章、最年輕的醫學教授等，著實的名醫。

二姊更是厲害，她從小到大沒變過，念書、研究一流！美國名校的生化博士、美國國家實驗室的首席化學家，帶領近百位博士做研究，後來又到耶魯大學擔任放射科學教授，爭取到無數的研究經費。

小哥也是名校畢業的博士候選人，專精金融，一九九四年已經是外商銀行的總經理了。

子女們這麼優秀，父母親也備受榮寵，兩位都得過全國的模範父、母親，臺北市的模範父、母親。三不五時，報章雜誌就來約訪二老，分享教育小孩的經驗。丁家三兄弟因為長住臺灣，也經常被媒體誇稱「丁氏三傑」，殊不知，丁家還有一個女兒，更是傑出。

麥可搭乘的賓士車停在一棟宏偉壯觀的大樓門口，有位在臺北面試過麥可的資深經理迎了出來，帶著他走進挑高寬闊的大廳，刷了他們為麥可事先準備好的訪客卡，直奔三十三樓。進到會客室，大片的落地窗，一片接著一片，窗外，湛藍的天空、十幾棟造型各異的大樓，勾勒出美麗、壯觀的天際線。會客室的牆邊井然有序地擺放著深暗紅色的實木書櫃。數張有著實木手靠的黑色皮沙發以同樣色系的茶几分隔開來，距離寬敞，舒服而不窘迫。放眼可見鋪滿整間會客室的淺色波斯地毯，色淺卻不顯輕佻，顯然是訂作的。部分茶几後面立著古典派的立燈，點綴得恰到好處。門口處，有一個及腰的原木櫃，上面放著各式礦泉水、玻璃水杯、點心水果。

麥可夾了兩片檸檬放在玻璃杯裡，扭開一瓶沛綠雅，倒進杯子裡，看著氣泡競相往上衝，想著自美返國的這六年，除了完成兩個較大型的研究計畫（每個計畫約歷時六到九個月）、寫了三篇學術性期刊論文之外，還完成了幾十篇刊在報章雜誌的評論，再加上兩家中型企業的顧問報告，自認表現差強人意，卻又總覺得少了些什麼，直到一個月前的一個週六早上八點，一通電話吵醒正在昏睡的麥可，對方說著流利的英文，麥可當然不遑多讓，從小英文就好，在美國念博士時，說、聽英文不但不是障礙，英文寫作甚至比美國、印度的同儕還好。

這通電話是由一家跨國的獵人頭公司打來的，只獵高管人員，為一家全球最令人敬仰的顧問公司尋找一位經理人，帶領大中國地區四個辦公室的研究單位。這個位置是全新設置的，以前並不存在，職級很高，直接向大中國的最高主管（資深合夥人）報告，間接報告給總部的全球研究主管。

麥可當然知道這家公司，也理解這個位置的重要性，電話裡，麥可說：「I am willing to talk!」掛了電話後，睡意沒了，愈發興奮，「這就是我要的：挑戰！」麥可渾身熱血沸騰！

「Michael, so good to see you again.」Travis走進會客室。他是個高頭大馬的英國紳士，身為大中華地區最高主管、資深合夥人，現年五十多歲，身軀挺直昂揚，應該有一百九十公分高。他飛到臺北做案子的時候，面試過麥可。在他之前，也有兩位資深經理與麥可共進午餐、三位合夥人和麥可在臺北見面聊過。細細數算，連同這次在香港，麥可已經面試、午餐會、聊天了七次，Travis兩次，其他五個人各一次。來香港前，這家公司的行程協調（travel coordinator）人員告知麥可，必須在香港住一晚，第二天還有整個上午的面試。這麼密集、數量繁多的面試、聊天，到底啥意思？

Travis跟麥可聊了二十分鐘左右，都是些跟工作內容不相干的事情，什麼他女兒去了南極，愛上了那邊的廣邈冰原，就放棄所有，在南極定居，只做一件事：攝影。

麥可也閒扯了些老婆小孩的瑣事。末了，這位劍橋大學的物理學博士好像還沒聊夠，但祕書已經站在門口輕聲提醒：人都到齊了，只等你了。Travis不疾不徐地吩咐祕書，帶著麥可步行穿過渣打公園，直接到Conrad酒店辦理入住。七、八分鐘的路程中，祕書很有條理、字正腔圓地介紹了這家公司香港辦公室的規模，還不忘客套一下：「We all are expecting your join.」

Conrad，麥可是住過的。一九八九年，為了提升臺灣運動用品競爭力的大型計畫，麥可出差至愛爾蘭的都柏林，就是入住Conrad。香港的Conrad更大更氣派，酒店的禮賓人員遞了一封信給麥可，然後引導麥可上六十六樓。進入房間，是一間行政套房，大客廳、大臥室、大窗戶的海景房。禮賓人員介紹了房間的設施，最後提到，因為這是行政樓層，客人走出房門，左轉，走到底，上一層樓梯，就是行政酒吧（Executive Lounge），也是吃早餐的地方。

麥可沒行李，脫下西裝，洗了把臉，點了根菸，舒服地享受著。菸還沒抽完，電話鈴響了，另一端是Xavier，曾和麥可在臺北吃過午餐的資深經理，巴拉圭人，哈佛大學MBA，皮膚很白，眼睛深邃，見不到底的那種。寒暄了幾句，確認麥可有收到明早的行程，客氣地問說，如有任何問題，他都可以幫忙。掛了電話，麥可打開信封，明早九點，三場面試，各一個小時。中午十二點，Travis在香格里拉酒店七樓招待義式午餐，緊接著，就搭飛機回臺北。這行程可說是一分一秒都不浪費。

來到行政酒吧，麥可點了一杯生啤酒，隨酒附上一盤堅果。此時的麥可心裡只想著兵來將擋，水來土掩，明早一定要好好表現，「不僅為了這份工作的高薪，而是為了和全世界最聰明的人、一流名校的高材生們為伍、競爭，這才是挑戰！」

一番小酌後，麥可回到房間，寬衣、換上舒服的浴袍，叫了客房服務，簡單的乾炒牛河，倒也吃得津津有味。早早梳洗完畢，躺在床上，靜靜地看著從臺灣帶來的《The Firm》，約翰．葛里遜（John Grisham）的小說，臺灣翻譯成《黑色豪門企業》，後來還拍成賣座電影，由湯姆．克魯斯主演。其實在來香港的路上，麥可已經看完精彩的前五分之一，深覺作者所形容的豪門企業，跟這家公司極其相似。

第二天一早，坐定吃早餐的位子，精緻奢華的擺飾，伴著絕美的窗外景觀，本想好好吃一頓的，但是依麥可的經驗，遇大事之前，六分飽剛好。退房，輕輕鬆鬆地穿過公園，走進辦公樓的大廳，Travis的祕書已在等候，刷了訪客卡，再次坐進昨天下午的會客室，再次造訪這間會客室，心中有說不出來的舒坦，是布置得太好？還是麥可已經融入？

上午的三場面試，基本上都是行禮如儀，沒有什麼特別難的問題。結束後，Travis帶領著麥可，走路經過渣打公園，這時的麥可才放下緊繃的心情，問Travis：「包括待會兒的午餐，我已經被你們面試、聊天、午餐會，總共十一次了。要進入貴公司，真的這麼難嗎？這是否有點沒有效率啊？」

「哈哈！麥可，我們通常不會這麼沒效率，只是因為你要擔任的位置太重要了！又是新的位置，我們不得不慎重。」Travis繼續說：「你被面試十一次，卻不是最多的，倫敦辦公室曾經有一位經歷了十九次面試，耗時七個月呢！不過，我可以誠實地告訴你，你的競爭對手，一個被我們看了四次，另一個七次。」

麥可說：「哇！貴公司真的很嚴肅看待這個位置。」

「是的！跟你面試、共進午餐的，都是資深人員，也都有主持計畫，他們想跟你接觸，看看能否與你一起共事。事實上，在這個時候，我可以直接地告訴你，You've got the job!」

香格里拉酒店就在Conrad酒店旁邊，所以很快就到了。麥可在五位未來同事的恭喜聲中，高高興興地吃了一頓米其林三星的義大利菜。

抵臺後，這家公司的臺北辦公室安排了車子，在桃園機場接到麥可。回家的路上，司機閒談道：「這家公司不知道是做什麼的，進進出出一大堆人，很多外國人，都像你，都是高級人士。我們公司二十幾輛賓士，幾乎有九成都是他們包掉的。」接著又問：「你們到底是做什麼的啊？」

麥可說：「頂尖的顧問公司，我只是他們的客人。」

回到家，招呼了爸媽，上到六樓，抱了抱孩子，一片安靜，好像沒有人在意他去香港的事情。

一九九五年六月，麥可已經在這家公司工作整整一年了。去年要離開大學教職的時候，同事們除了羨慕以外，都建議麥可繼續以兼任的方式留在學校，麥可的回應是，「這樣是不對的！一學期十六週的課，我大概有十四週在國外，這樣對不起學生！」

這家公司付很高的薪水給麥可，年薪四百多萬，比起國立大學教授每個月六萬多的薪資，足足四倍有餘。更有趣、不得不令人佩服的是，進入公司的前六個月，公司要你飛到世界各地，搭商務艙、住當地最好的飯店，幹什麼呢？受訓！還照樣付你薪水。

讓麥可佩服到頂的，是受訓的內容。受過正統經濟學的訓練，也得過最佳博士論文獎，麥可對經濟分析、邏輯思維，自然引以為傲，這家公司有一個為期兩週的訓練課程，就叫作經濟分析（Economic Analysis），上課的前一週，拿到課本，翻了翻，本以為這是可以輕鬆應對、展露實力的訓練，愈翻愈覺得不對，愈讀愈驚嘆作者對經濟學的理解透徹，簡直匪夷所思，心中想著：「果真人外有人啊！」

這本書裡的每一個章節，都是把艱深的經濟理論，用幾張關係圖、幾個箭頭符號，加上幾句話，就講清楚一半了，沒念過經濟理論的人，只要你夠聰明，接續著看實例應用，至少可以懂上八成。更讓麥可覺得無地自容的是，實例應用之後，還有一篇重要因子檢核表（factor check list）。這也就說明了，只要專心受過訓練，這家公司的毛頭小夥子就都能按部就班地寫出非常到位的經濟分析，無怪乎在面對世界五百強的大老闆們，還能氣定神閒、不疾不徐、分析得頭頭是道！

教授經濟分析的講師是耶魯大學經濟學博士，是個不折不扣的理論家，頂多四十出頭歲，說起話來，慢條斯理的，儘管上課不生動活潑，但麥可專心聆聽，並寫下因簡化圖表、步驟而必然產生的漏洞與不周全。每次下課休息，麥可便拿著這些問題，追著講師討論，講師也感覺有趣，頗興奮地旁徵博引，兩人都有教學相長的滿足。後來麥可才知道，這本經濟分析的課本，不是一個人寫的，而是好幾位博士的聯合創作。

這家公司在美國首府華盛頓成立了一所研究院，各領域的專家都有，專任的博士就有八十多位，兼任的各名校教授更是不計其數，規模之大，令臺灣國家級的研究院都汗顏。

受訓期間，麥可深感一生受用無窮的訓練，也是出自該研究院，叫作「金字塔原理」（Pyramid Principle），教你邏輯思維的應用，用簡單的圖表、流程、關鍵字，幾張紙、幾個圖，就能簡單易懂地交代你的邏輯思維。不論企業診斷、策略規畫、問題解決，有了「金字塔原理」的輔助，你說的就算是個屁，聽起來都有幾分道理。

「今年的Summer Retreat在夏威夷舉辦，因為我這一年來的奮鬥得到肯定，才收到邀請。」麥可跟老婆說：「妳也被邀請了，受邀的人都會帶上自己的另一半。」

丁太太是學音樂出身的鋼琴教授，不喜應酬，生性好靜，Summer Retreat舉辦時間適逢暑假，她拗不過麥可，便跟去了。

一路平順、招待周到，加長型禮車在機場接了他們，驅車入住Waikiki Beach最好的飯店，Halekulani Hotel，每個房間都是套房，臥房寬敞、客廳舒適，並有一個不小的陽台，即便擺了一張圓桌、四張帶扶手的椅子，周邊還有不少空間。女服務生鋪上白色桌布、精緻的餐具、器皿，早餐就在陽台上吃，看著遠處的藍天、碧海，近處的沙灘，再近處的大花園、游泳池，丁太太說：「這樣會不會太享受了！」

「不會的，以後還有更好的！」麥可自信滿滿地回答。

這次Retreat的內容，除了頒獎，也開了兩個會。

一個是自家的管理會議。主要議題在於，這家公司生意興隆，賺了很多很多錢，向來也不吝於回饋員工，於是有三位德高望重的資深合夥人提出節約計畫，期望杜絕外界對這家公司的奢侈詬病。這件事引發不少討論，卻沒有結論。其實，在這群世界級菁英的面前，沒有什麼是奢侈的，只有他們的時間是無價的。用腦、用心、花時間賺取獲利，而後盡情享受，再合理不過，無人可以剝奪！

另一個會議的討論要旨是關於下一個新辦公室要開設在哪裡。這家公司在全世界已經有六十幾個辦公室了，共有六千多位專業人士（不包括祕書、助理等後台人員）、四十五位資深合夥人、三百四十五位合夥人。說穿了，這個議題擺明了只是讓這次來的菜鳥們隨便聽聽而已。開設新辦公室茲事體大，都是由年度資深合夥人在會議中投票決定的。

「我覺得那個叫Ben的，老德，臺北的頭兒，滿詭異的。」最後一晚晚宴結束後，回到房間，脫下晚禮服，舒服地半躺在客廳的沙發上，丁太太疲憊地說：「語氣、態度都對你特別巴結，為什麼呀？」

「是有一點怪，可能是因為我前兩週為臺北辦公室帶進了一件大案子吧。」麥可回答。

「反正，我總覺得這家公司的人都有一點怪怪的，可是我又說不上來是哪裡怪。」丁太太繼續說著，「而且，不管是資深高位或資淺中階的人，幾乎都是白人、男人，像你這樣的有色人種真的很少，你有注意到嗎？」

「習慣就好，在美國是有一些prestigious（聲望很高的）firm，都是白子或老印，黑人、亞洲人不多的，可能是語言的關係吧。」麥可不以為意地說著。

嘴巴上雖然這麼說，但麥可心裡卻想，「女人的第六感真是準啊！」麥可回想著，在剛才的Black Tie Dinner（正式禮服晚宴）上，Ben的態度真的一反平常。

麥可隸屬香港辦公室，雖說經常出差到北京、上海、臺北辦公室，但大多是短暫停留。Ben是合夥人的等級，也常出差，麥可不常看見他，何談交往？只知Ben對臺北辦公室大樓後門的臺灣小吃，愛得不得了。

晚宴入場的時候，Ben一看見麥可夫婦，幾個箭步上前，拉著麥可與丁太太就往他的桌子去，並安排兩人坐在自己的位子旁，還立刻把麥可及老婆桌上的名牌拿起來，大步往後走到麥可夫婦應該坐的座位上，調換名牌後回到自桌，笑著說「All done」。

麥可表示這樣有點僭越，雖然不知道那被換的人是誰。Ben只笑笑不語。

晚宴進行中，舞台上有頒獎、致辭、樂隊唱歌、演奏等活動；舞台下，各桌聊天、敬酒。偶爾，Ben會湊在麥可耳邊，問問那個案子，是誰找上麥可的、此人背景如何等等。這也稀鬆平常，麥可絲毫不以為意，直到麥可杯裡的威士忌沒了，服務生還沒來得及倒酒，Ben就衝到旁邊的服務桌上，拿著一整瓶酒，幫麥可斟上。麥可當然不好意思，起立謝過，誰知Ben一個高跪，喊了一聲「喳」，活像清朝官員給皇帝行禮一般。

麥可想：「不過就是一個案子，需要這樣嗎？」

能接到這個案子，靠的是麥可既有的人脈。

麥可有個朋友叫陳勁湧，是美商壽險公司的投資長，個子高、一表人才，口才更好，有哈佛大學建築碩士、麻省理工學院MBA的學歷，常常加入麥可在臺北組成的一個小團體，叫作「飯糰」，一起吃吃喝喝。這個團體的成員都是留美的，當年只有七、八位成員，個個都是博、碩士，專找巷弄裡的美食，針砭時事、談經論史、品酒鑑色，宛如古代的書生、士大夫。

Retreat的兩週前，勁湧約了麥可喝咖啡，拉東扯西，終於說到了正題。

「我有一個案子，想請你們臺北辦公室研究研究，評估一家航空公司的公允價值。」勁湧說。

「我們很貴的，這類評估，直接找一家證券商做，便宜、迅速，品質也不會差。」麥可建議。

「No！證券商的報告沒你們有分量，費用不是問題。」勁湧堅持。

就這樣，麥可帶進這個案子，Ben欣然接受。

一九九五年，臺北辦公室尚在草創階段，做了幾個pro bono（不收費或只收象徵性費用）的案子，其中最有名的，就是「亞太營運中心」，為政府做的，費時六個月，投入大量顧問時數，飛進飛出不知多少專家，案子做得很棒，但收到的顧問費少得可憐。臺北辦公室接下麥可帶進來的這個案子，不無小補。

這家公司的人，工作起來，都是夜以繼日，有如拚命一般，麥可也是一樣，只是麥可為人正直、個性不拐彎，常常在做案子、小組討論時，直接指出別人的謬誤，麥可不以為意，總天真地以為，只要對事不對人，這幫同事是可以接受的。殊不知，最聰明、最厲害的人，更會往心裡去，記得牢牢的。

「這個假設，我不同意，根據這個假設算出來的航班數目，簡直是太過了，即使兩岸真的開始直航，也不可能是這種航班數！」麥可稍微大聲地說。

Ben回應時則帶著防衛，「Peter是這方面的專家，做過多少航空公司的案子，他的模型裡，航道、天候、機場狀況、地勤服務、競爭對手、類似距離等等，周全而完備，我倒是認為這份報告鏗鏘有力！」

麥可帶進來的大案子，是一家航空公司的單一大股東要賣股，當然冀望賣到好價錢，但苦在時間緊湊，大中華地區也沒有相關的專家。

這家公司最棒的、令對手望塵莫及的，就是一本紅色的精美冊子，暱稱Bible（聖經），冊子中，極為精細地細分產業，然後按英文字母，依序用標籤分頁。揑著各產業的標籤，打開，就看見人名，駐在哪個辦公室、學經歷、做過的案名、該人的家庭狀況、歲數、喜好，應有盡有！能被列入這冊子裡的人，絕對是專家中的專家。

Ben口中的Peter就是航空公司的專家，臺北辦公室特別去電，如果時間允許的話，請Peter加入這個案子。Peter駐在美國的亞特蘭大辦公室，也曾被調到波昂辦公室，跟Ben是熟識。通常每一個產業都有好幾位專家，找熟識的加入做案子，更易融合、更有效率，在這家公司是常有的事。

「Peter明天就到臺北，你在嗎？我們一起晚餐，聊聊。」Ben邀請。

「我本來明早回香港，改一下行程就好，我很樂意跟Peter學習學習。」麥可欣然答應。

Ben笑笑地走出辦公室，留下同組的其他兩位經理、三位Associates。五人略微一愣，而後與麥可繼續工作，卻難掩沒被邀請一同晚餐的失落。

隔天晚上，合夥人Peter略顯疲憊地參加Ben召集的晚餐。五十多歲的美國南方人，從亞特蘭大飛到臺北，疲憊是正常的。席間，每當麥可提到案子的事，Ben總是巧妙地轉給Peter，Peter也有意無意地自吹自擂，認為以他的經驗，這個案子不過是一塊蛋糕，簡單得很。

麥可完全可以體諒Peter長途飛行的疲憊，但也不免因為Peter的言詞而稍有一些不舒服，感覺上，他的自吹自擂好像是在幫Ben說話，同時也好像在貶低麥可。但不論如何，等到夏威夷的Summer Retreat結束回來後再深究吧。

當下雖做了如此打算，但自夏威夷歸來後，麥可手邊突然多出許多案子，分身乏術的關係，且也不知怎麼地，總之，就這麼自然而然地淡出勁湧的委託案，交由Ben與Peter主導。直到兩個月後，媒體競相以頭版頭條報導，股權交割完畢，每股以兩百五十五元的天價賣出。想當年，臺灣最大的中華航空上市時的價格是六十元，當時的市價才不過每股三十五元。麥可心中深覺詭異，完全無法理解每股兩百五十五元的合理性。

「我可以看看那家航空公司的結案報告嗎？」麥可問檔案管理員。

「先填好這張表，找Ben簽字。」管理員回答。

麥可心想：「Ben不會簽字的！」於是他拿起電話，直接找上陳勁湧，「勁湧，下午五點，Hooters見，happy hours。」

「好！」勁湧一口答應。

「他媽的！你老實說，我們的結案報告，到底每股公允價值是多少錢啊？」

勁湧因麥可的直接而感到不安，「你問這個要幹嘛？」

麥可掐著成交價的不合理性大抒己見，並一針見血地點出好幾個不合理的地方。「你們買貴了，太貴了！貴了至少五十億！」最後，麥可總結。

「唉！麥可，別太在意，這是自願性的交易，一個願打，一個願挨。」勁湧平靜地解釋，希望麥可別插手。

就在這一刻，麥可突然醒悟過來，「黃姓大股東跟你是什麼關係？」

「我舅舅。」勁湧的聲音低到快聽不見。

麥可完全懂了！從頭到尾，麥可就是勁湧的棋子，雖然自己行得正，沒受到牽連，但事情尚未結束，必須小心為上。

兩人分手後，麥可殺回辦公室，仔細地查看各報紙，買方就是勁湧工作的美商人壽保險公司與一家臺灣的金融機構，勁湧還是這家美商公司的投資長呢！兩家專業的金融機構，怎麼會用天價買進一家中小型的航空公司？一切再明顯不過了，這是背信罪！

「我們的結案報告，肯定有問題！」麥可心裡想著。「要找誰去問？要如何才能看到結案報告呢？」

就在報章媒體報導股權交割完畢的第五天，檢調兵分四路，出動幾十個偵察員，分別搜索美商壽險公司、同為買家的金融機構、賣股票的黃姓大股東，與出具報告的這家公司。顯然是有人對天價買進普通航空公司的作為持懷疑態度，匿名檢舉。雖是匿名，但因涉及的金額龐大，檢調還是大舉搜索。

陳勁湧、Ben、黃姓大股東，還有好幾個麥可的同事都被約談。

麥可從同事口中輾轉得知，Peter到臺北的第二天一早，勁湧、Ben、Peter三人開了個早餐會，中間也有工作小組的兩位經理做了簡報，這個早餐會老早就安排好了，麥可卻被排除在外。原來，Peter第一天到臺北的晚餐只是虛晃一招，旨在敷衍麥可。早餐會中提到，勁湧要Peter在報告中盡量提高該航空公司的公允價值。這麼大的股權交易，要賣給兩家專業的法人機構，若沒有這家公司的背書，成交價錢不會高。

Ben與Peter當場允諾，並對酬金（麥可當然無從得知金額）達成共識，兩人更答應勁湧，要把麥可踢出本案的工作小組，以免浪費時間去說服麥可接受研究結果。

勁湧特別提醒Ben跟Peter，麥可這人很正直又固執，心好，只是吃軟不吃硬，要他們處理時多費點心思。

麥可聽了同事的轉述，終於明白Ben在夏威夷對麥可的言行異常所為何來。Peter更是聯合參與本案的隊友一同抵制、阻擋麥可對案子的質疑。

從夏威夷回來後，麥可因手中的案子太多，忙不過來，進而退出本案，事後看，這是麥可的運氣。其實，麥可的直接早已令同事們心生不滿，西瓜偎大邊，全力配合Peter，何樂不為！

真正的大諷刺是，這家公司出的結案報告中，主張公允價值是每股三百九十三元。麥可終於明白，丁太太口中說的，這家公司怪怪的地方，愈是聰明、傑出的人，愈是貪婪不著痕跡、記仇藏心深處。而這家公司的每一個人，都是世界級的聰明、世界級的傑出啊！

檢調搜索後，遲遲沒有起訴，理由是證據不夠，可見檢察體系也有人打點。麥可著實小看了勁湧，這樁賣股案，保守估計，勁湧的舅舅至少獲利五十億元。眼前是明擺著的犯罪事實，司法卻毫無作為。

半年後，勁湧從美商保險的投資長轉戰到案中的航空公司當董事長，幾年後，因掏空公司二十三億，證據確鑿，畏罪潛逃到美國，若干年後，上吊自殺；賣股的黃姓大股東在海撈一大筆之後，生活靡爛、揮霍無度、官司纏身，最後鬱鬱而終；Ben被約談後，兩週內就被調回德國，不再擔任辦公室主任；Peter回亞特蘭大辦公室後，終也被要求請辭，賦閒在家。

二〇〇〇年，安隆案（Enron）爆發，堪稱美國有史以來的最大弊案，更是最大的破產案。在短短一年內，股價從一股九十美元跌到一股〇．六美元，幾十萬股東血本無歸，還使得五大會計師事務所之一的安達信（Arthur Andersen）解體，美國國會更通過沙賓法案（Sarbanes-Oxley Act），確保公開發行公司的財務報表必須真實允當，否則刑法伺候。

這樁驚天動地的弊案，三個主謀都出自這家公司，而安隆案事後也被拍成暢銷的紀錄片，英文叫作「Enron：The Smartest Guys In the Room」，中文譯名為《安隆風暴》。

第四章

呼風喚雨

麥可在這家公司工作了快三年，飛來飛去的，連在飛機上也不眠不休地工作，下了飛機就開會、討論、簡報，雖然充實，但也著實辛苦。

一九九六年七月，這天，是個重要的日子，麥可三個星期前就約好了要與Roger談談接下來的規畫。Roger是麥可的上司，全球研究部門的最高主管，哈佛大學經濟學博士。能在這家公司做到資深合夥人的黑人是少數中的少數，Roger便是其中之一，皮膚黝黑、透著光亮，是個溫文儒雅的好人。麥可與他見過多次，算是熟的。有一次，在美國華府，Roger請麥可去他家吃晚餐，庭院很大，兩層樓的房子顯得小而平實，Roger的太太也是黑人，不怎麼美麗，講得一口字正腔圓的東岸美語，是一位名律師。

麥可總覺得Roger的內心深處有股說不出來的鬱悶，是內斂太久？還是有志難伸？

麥可的直覺是對的。這位仁兄後來去了美國聯邦準備銀行（Federal Reserve Bank）當副董事長，當時董事長叫作葛林斯班（Alan Greenspan）。之後Roger一展長才，在亞洲金融風暴的時候，甚至幫了麥可大忙。

「我幫你做了很好的規畫，我寫完後，自己都很興奮，希望你會喜歡。」Roger很高興地說，表情跟以前都不一樣。麥可翻開密密麻麻的文件，Roger鉅細靡遺地解說。基本上，工作滿三年的經理人，如果夠格，你的上司就會提出一份規畫，教你如何可以晉升成為這家公司的合夥人，如果你沒有被知會有這個規畫會議，那你就會被冷凍，每天無所事事，然後，自動離職。

麥可當然慶幸自己提前獲得這個機會。如果能當上合夥人，除了動腦（想解決問題的方法）、動手（寫簡報）、動眼（看屬下寫的報告）以外，與大公司老闆交際，也是重點任務，最重要的是，那種成就感與百萬美元以上的年薪，著實令人羨慕。

「最短的路徑，還要七年！」會後，麥可有點失落地想著。其實，十年不算長，平均數而已，有人快，有人慢，Roger也提到，如果能不斷地帶進大案子，當然會更快更上一層樓。「這家公司的報告，三分之一真能解決問題，三分之一為客戶背書而已，三分之一可能是花拳繡腿，不痛不癢。」麥可掙扎著，「我能做到前三分之一的案子嗎？」高中賭輸錢，不管是被騙，還是自己起貪念，擋不住金錢的誘惑，這種墮落，已令麥可深受教訓。「繼續在這家公司、繼續和 smartest guys 為伍、繼續往合夥人的位置拚命，更大的陷阱應該不遠。」

最後，麥可並沒有在這家公司爭取合夥人的位置。一九九六年九月，麥可被獵回臺灣，披著這家公司的光環，當然有高薪高位，擔任一家外資券商的研究部主管兼首席經濟學家。

自美國返臺，麥可一路做研究、教書、加入顧問公司，這是第一次真正遠離學術界，進入金融產業，帶兵打仗。保險、銀行、證券是金融產業的三個主要板塊，其中又以證券業最活潑、最創新，需要智慧與執行力。

在先進國家，最能吸引高學歷、數理及邏輯分析強的，是證券業。但是在臺灣的狀況不太一樣，相較於銀行業的從業人員，證券相關工作者的普遍學經歷、分析能力要差得多。麥可心想，要扭轉這個現象，在外資券商工作，應該有機會。

一位從臺股報價是寫黑板的時候，就進出股市的老投資人曾這麼說：「經紀商就有數不清的眉角（較不為人知的技術），承銷商的黑處更是擢髮難數！」而麥可私下拜訪了大戶、法人戶，聽了許多遊走法律邊緣的交易內幕，現金退佣、人頭戶、不當配售分潤、拉抬股價抽成，更別提KYC（Know Your Customer）了，營業員的抽屜裡放滿了客戶的印章、身分證影本等等，在那個時代，司空見慣。每個縫隙裡，都存在著貪婪的交易，哪怕貪圖的只是那麼一點點錢！從業人員目無法紀、相互影響；參與投資的人頻走短線、道聽途說。市場怎一個亂字可以形容！

麥可嚴厲治軍，鼓吹基本面研究、重視總體經濟趨勢，很快地，便在臺灣證券市場上迅速成名，媒體封他為「外資金童」。麥可公司所出的研究報告，不論個股或是產業，乃至於總經趨勢，都擲地有聲。

成名之後的麥可，平面、廣播、電視等媒體的邀約不斷，但麥可堅持只談趨勢、產業、總體經濟，這些基本面的大勢絕對不是天天變化的，儘管媒體頻頻邀訪，或是發通告給麥可，麥可一律不理，唯有大勢發生變化時，他才願意現身談趨勢，並嚴選同台的來賓，或堅持一人擔綱。這樣一來，麥可又得罪了許多天天上電視的財經、股市名嘴，也更引誘出想要利用麥可獲利的股市大戶。

一天，麥可參加一個小飯局，七、八個大男生，都是很熟的朋友，席間閒聊，也沒什麼特別的。

「待會兒，飯後，有一個投資公司的老總，請你去八樓小酌一下，你有司機，我自己去，八樓見。」YT湊到麥可耳邊，小聲地說。

YT是證券同業，副總級的資深人士，頭禿禿的，長麥可好幾歲。八樓，是一家知名的便服酒店，以消費昂貴、美女如雲著稱。

「哪個老總？我認識嗎？」麥可問。

「去了就知道了。他說他認識你，你不認識他。」麥可不疑有他，「反正，很多人認識我，我卻不認識他們。」

進到了包廂，就見一位年輕人和七、八個美女坐在ㄇ字形的沙發上，年輕人見狀起身，吆喝著眾美女也站起來，招呼麥可坐到主位，兩位美女自動地坐到麥可左右兩邊，少爺雙手敬上熱毛巾，美女斟上了酒。

「大家敬丁首席一杯！」年輕人說著，舉起杯，一飲而盡。「丁哥，我是小紐啊！記得我嗎？」小紐說著，掏出名片。

「靠！小紐。認不出來了。你以前不是個兒矮矮的？怎麼長的，有一八五吧？」

麥可高中時去賭錢，小紐正是當時在賭場門口把風的國中生。

「我發育晚，高中才開始長高，不知怎地，每年都長十幾公分。」

ＹＴ也到了，扯淡了幾句，在小紐的對面坐下。美女個個甜美，露奶露腿、嗲聲嗲氣。眾人很快地喝完了一瓶酒，「快！快！再開啊！」小紐吆喝著。

燈光美、氣氛佳，既有美女相伴，又有二十多年沒見的小老弟，談笑間，已經快深夜兩點了。

「Sorry！我要先走了，明早七點要主持晨會。」麥可說。

「起得來嗎？明早請個假吧！」小紐關心地說。

「沒事！本人的體力一等，明早保證精神奕奕。」麥可自信地說。

「對！這傢伙的身體真不是蓋的！每天只睡三、四個小時，從來不累的！」ＹＴ附和著。

回家的車上，麥可想：「今晚這一攤，開銷至少十萬元，這小紐，這幾年，真的發了！」

麥可不知道的是，小紐的大哥唐復生，高中開賭場的那個，自從參加麥可家的舞會以後，就用盡心機，誘拐麥可。高中畢業以後，唐復生本著暴戾的性格與凶殘的手段，無惡不作，經營賭場、暴力討債、買賣私槍、逼良為娼，儼然是一個有組織的犯罪集團。唐復生很有商業頭腦，旗下生意互不隸屬，人員也不相往來，帳本更是各自獨立。唐復生被抓了好幾次，但總是輕判，不多久就被釋放出獄。他在監牢裡表現極佳，潛心研究商業模式、股票債券，或是找獄中長者學習黑道上的攻防，每次出獄，都有獨門心得，繼續斂財，集團老大的位置愈坐愈穩！他的同居人也曾在高中時參加過麥可家的舞會。她清新、美麗、聰慧，在演藝圈中日漸走紅，是一位家喻戶曉的女明星。她始終不與唐復生正式結婚，可能就是因為男方的黑道背景，有趣的是，他們同居多年，始終沒有小孩，不知道是誰的堅持。

一九九六年六月，美國ＦＢＩ派了十位資深探員來臺，訓練臺灣警方如何打擊集團組織犯罪。這是一個祕密行動，因為臺灣的治安每況愈下，黑道集團化、企業化的情形日趨嚴重，亟需借助美方的經驗，打擊組織性犯罪。就這麼巧！同年八月，三大幫派，竹聯、四海、北聯，地盤鬧不均，在萬華火拚，美式衝鋒槍、小型火箭筒、德製手槍，火力強大，十五人當場死亡，三十多人受傷，整個社會大為震驚。唐復生帶領小弟們奮力殺出重圍，全身而退，但，接下來的時日，不只要躲白道的追捕，更要避開黑道的追殺，畢竟唐復生這些年太囂張，已經引起黑道的公憤。

唐復生窩居在農安街、雙城街一帶，平日深居簡出，生活上的事物，均有小弟處理。唐復生最信任的小弟，就是跟他二十多年的小紐，舉凡食物、香菸、酒、衣物、女人，連洗髮精、肥皂，所有生活上的事，必須經由小紐，否則唐復生一概不用，小心到了極點。

警方最頭痛的人物便是唐復生，他一日不落網，臺灣的治安一日不得安寧。FBI探員建議，賄賂唐復生身邊的人，來個窩裡反，才是上策！這是美方在逮捕南美洲大毒梟的慣用伎倆。可是臺灣警方怎麼可能出錢、怎麼有錢賄賂呢？警政署向行政院「治安小組」報告，請求協助。當年的行政院長連戰指示臺灣銀行配合辦理，警政署署長楊子敬親自督導辦案，層級之高，前所未見！

十天後，傍晚，唐復生耐不住每天被關在室內，出門放風，走著走著，巷子裡衝出一名戴鴨舌帽的蒙面人，唐復生轉頭，壓低身體，正要拔槍，就在這同一秒鐘，唐復生背後的隨行小弟對他連開三槍，唐復生倒地，躺在血泊中，當場死亡。到底誰開的槍？唐復生在冥冥之中肯定心裡有數。

接下來的兩個星期，小紐約了麥可三次，都是去八樓，麥可推說有事、忙碌，婉拒了邀約。

一九九七年三月，小紐再次約麥可，這次是喝咖啡，麥可赴約。

「丁哥，我有個大計畫，需要你的幫忙。」小紐開門見山。

「這小子終於要掀牌了！」麥可想。

原來，小紐的公司要炒一檔股票，布局很深，週線、月線都做好了，砸了不少銀子，按技術面看，傻子都知道股價要漲。股友社、丙種（地下錢莊，借錢給買股票的人，自己偶爾也下場配合炒股）也放出消息，但是力道不強，買盤不積極，離小紐要倒貨的價位還有很大一段差距。小紐要麥可出一篇基本面的報告，推薦外資大量買進，趁機倒貨給外資。

「這種報告我們不寫的！」麥可斷然回絕。

「你我認識多年，而且我們會出比市場行情更高的價錢，斟酌斟酌吧！」小紐也不掩飾了。

「少來這套！不寫就是不寫！」麥可憤憤地離開。

第二天，股市中午收完盤，麥可去公司旁邊的小上海吃午餐，悶悶地吃了一籠小籠包後，快步走回辦公室，準備下午要開會的資料。

「麥可，你同學紐先生剛來過，留下一封文件，我放在你桌上。」祕書說。

「他媽的，這小紐何時變成我同學了！」走進辦公室，麥可想著。

打開信封，信封裡，厚厚的信紙摺得好好的，輕輕一抖，掉出一顆子彈！「這傢伙玩真的！」麥可試著平復驚嚇，想了想，他拿起電話，「ＹＴ嗎？下午四點，來我公司旁的咖啡廳，有事跟你說！」掛了電話，麥可心裡還在波濤洶湧，「怎麼什麼鳥事都發生在我身上！報警嗎？出報告嗎？」腦子裡亂紛紛的，百轉千迴，麥可卻完全拿不定主意。這回可不是高中時賭輸錢那痛不欲生的經歷可以比擬，這次是真的有性命危險。

「你別這麼拗！幫他寫報告就得了嘛。」YT完全不管子彈的事，事不關己地勸著麥可。

「那家爛公司，我們根本沒cover，怎麼叫分析師寫！」思緒一轉，「你是怎麼認識小紐的？媽的，只會給我添麻煩！」麥可生氣地說：「你去緩一緩小紐，股市最近是會漲的，叫丙種、股友社加把勁就OK了，別來搞我們外資客戶！」

小紐是某大幫派的大堂主，YT手下的一位美女營業員跟客戶發生金錢糾紛，找YT幫忙，YT經由小紐的小弟，認識了小紐，擺平了糾紛，所以，小紐說什麼，YT就聽什麼。

麥可知道找YT沒用，正愁雲慘霧地煩心著，手機響了，「麥可嗎？我小紐啊。晚上十點，聚一下，八樓見。」最後，小紐不忘補上一句：「你一個人來，放心！」

麥可掛了電話，心裡道：「我命休矣！」

下班後，麥可先回家吃晚飯，並向司機表示不用車了，讓司機休息。飯後，自己坐了計程車去八樓。卻看見大樓前停滿了警車，至少有十輛，還有一輛救護車，心想，「這不是臨檢啊。」大樓入口處還拉上了封鎖線，管制進出。麥可下了計程車，詢問在一旁看熱鬧的人群，這是怎麼回事？原來，接近九點的時候，酒店尚未營業，八樓的大廳被人開了八槍，沒有人受傷，歹徒也無影無蹤。

麥可的手機又響了，「八樓被開槍，可能是衝著我來的，今晚不約了，我再打給你。」小紐急促地說：「麥可，你一定要好好配合，代誌大條囉！」說完，沒給麥可回話的機會，小紐就把電話掛了。

「這是個什麼世界！我好好做事，帶給社會正確的投資觀念，踏實研究、杜絕短線、洞察趨勢、鼓勵長投，我錯了嗎？這樣的鳥事也找上我。」麥可無助地想著，「在股市裡，沒有誰可以呼風喚雨、喊水結凍的，而我為了這個虛名，卻要付出生命的代價。」

其實，麥可不知，人性本貪，起了貪念，就得找方法實現貪念。麥可只是小紐這幫人或是任何人的工具而已，為了貪，人什麼事都做得出來。

接下來幾天沒有絲毫動靜。那家爛公司的股票波動劇烈，成交量也大，看似有人出貨，有人接手。又過了半個月，白曉燕撕票案發生，震驚全國，臺灣的治安又亮起紅燈，黑道、白道原本的平衡，一夕之間，被擄人凶嫌駭人聽聞的殘忍惡行打破，警方除了全力緝捕凶嫌以外，也對黑道大哥們進行比「一清專案」更嚴厲的緝查、逮捕。麥可一定是做了好事，或祖上有德，小紐等黑道幫派份子也都藏得銷聲匿跡，甚或被捕入獄。

小紐被抓進去的第二天，YT就飛到美國去了，說是去洛杉磯陪伴年邁的父親，其實是躲了起來。YT在電話裡告訴麥可，小紐就是槍殺他大哥唐復生的凶手，他接受警方賄賂，窩裡反，據說拿到五千萬的現金，就利用這筆錢開始炒股票，YT則是他的炒股軍師。沒想到魔高一尺，道高一丈，警方、檢方聯合，不但逮捕小紐歸案，更沒收全數贓款，還給臺灣銀行，一石三鳥。

一九九七年七月，亞洲金融風暴，起因是泰國外債高築，經常帳又出現赤字，荒誕的政府卻宣布取消固定匯率制度。事情的背後，其實是政府擋不住每天巨量的泰銖兌換美元，被迫放棄固定匯率制度。泰銖幾天之間就貶了三十%，連帶影響馬來西亞、菲律賓，再進一步擴及新加坡、南韓、日本。印尼盾更不遑多讓，從一千盾兌一美元，貶到兩萬盾兌一美元。亞幣狂瀉、股匯爆跌、企業倒閉、民不聊生，根本就是打了一場沒有火藥的戰爭。國際貨幣基金會（IMF）也應各國的要求，貸款援助。

這是總體經濟上的大變化，麥可大聲疾呼、頻頻示警，臺灣必受牽連！但政府卻說臺灣外債很少，經常帳保持健康的順差，無庸擔憂；企業說交易單位是美元，沒有匯率風險；投資人正浸潤在臺股準備創新高的未來遠景中，歡喜雀躍，絲毫不以為意。

就在這個時候，麥可的團隊出了一份臺幣匯率的報告，預測臺幣將巨幅貶值。

「央行剛來電話，下週一，下午四點，要我們去報告關於臺幣匯率的看法。」麥可的老闆在電話裡說，「你跟我一起去！」

「肯定是要封口的！」麥可心裡忐忑，「事態嚴重，不能掩飾太平啊！」

「我們的外債很少，經常帳順差，是沒錯，可是，我們的外匯存底中，約有三分之一是portfolio investment（短期股債組合的投資），就是所謂的『熱錢』，情況不妙的時候，跑得比誰都快，臺幣必定面臨貶值壓力，政府須審慎應對！」麥可不改看法，為他的報告防衛著。

「這點我們會準備，不需要你擔心！」三、五個央行官員如是說，言下之意就是，反正，如你所知，臺幣匯率，我們說了算！

央行全面性考量國內外的經濟情勢，讓臺幣在合理的區間波動，是為維持經濟的穩定，這方面的成效也是有目共睹的。

官員繼續說：「我們知道，貴公司的報告在企業法人圈內有很大的影響力。這個時候就請噤聲，臺幣匯率，不容置喙。」

一九九七年八月，麥可的總經月報被要求停止出刊半年，臺灣在一片不講真話的狀況下，股民毫不畏懼外在的險惡，用力往前衝，臺股正式衝上萬點，殊不知，在得意忘形的不遠處，一場極大的風暴正在逼近。

「Roger，好久不見，近來都好？」麥可傳了好幾封e-mail給Roger，卻都沒有收到回覆，便忍不住直接打電話給他。

「我都好，謝謝。」Roger回答。「因為職務的關係，我不方便回覆你的e-mail，但電話裡，我可以直接告訴你，事情比想像的還糟！」麥可的觀察與Roger

不謀而合。

亞洲金融風暴愈演愈烈，一波又一波的匯率競貶、歐美大鱷狙擊，風暴的影響範圍愈來愈大。

一九九八年五月，作為當時全球第二大經濟體的日本也快撐不下去了，媒體還諷刺地說「Japan is too rich to call IMF」。日圓一路貶值，從一二五日圓兌一美元，貶到一四二日圓兌一美元。與此同時，世界知名的經濟學家、世界級的投資銀行，持續用打落水狗的方式，頻出報告，唱衰日幣，最扯的預測是，一九九八年年底前，日幣將重貶至兩百日圓兌一美元。

這些外資報告都有一定的學理根據，不過，誇張的成分居多，預測錯了，完全不必負責；預測對了，一夕之間成名。麥可常戲諷這些外資，亂動動筆，不論對錯，自己都沒事，但是，聽者、追隨者卻跟駕駛戰鬥機一樣，要不安然無恙，要不粉身碎骨。譁眾取寵，毫無道德可言。

麥可的報告雖被停止，可是針對特定法人的說明會仍照常舉行，在前兩個月的說明會中，麥可就大膽地提出放空美元、做多日幣，為的是風暴已經燃燒快一整年了，種種跡象顯示，歐美大鱷已經開始慢慢獲利了結，如果繼續燃燒，日幣、人民幣都將不保，亞洲的金融風暴必定牽連全球經濟。當時的臺灣，臺股腰斬，從一萬出頭猛跌至五千八百點，臺幣從二十六元兌一美元，貶到三十三元，可謂哀鴻遍野。南韓、日本也是一樣，岌岌可危。

麥可之前的預測，認為臺灣股市、匯市將深受亞洲金融風暴的影響，必定是重災區，完全實現。因而促使企業法人客戶，在一九九八年三月，依據麥可的報告，開始放空美元、做多日幣。四月，麥可再次提出，繼續加碼。

「這樣會不會太大膽？我們的credit不能就這樣被毀掉！」麥可的老闆嚴厲質問。不少大法人、大戶賭下去的錢，少則數億，多則十幾億，老闆的憂心是可以理解的。LTCM（長期資本管理公司）的淨值也因為亞洲金融風暴，賭錯方向而大跌，這群由世界第一流金融專家、諾貝爾獎得主所管理的基金都栽了筋斗，麥可是哪根蔥啊！

「我也提心吊膽啊，但，多次沙盤推演，美、日央行聯合干預，應該是快了。」麥可有點顫抖地說，手掌心不自覺滲出汗水。

「聯合干預？你一定是瘋了！」麥可的老闆大聲尖叫，「你賭太大了吧！賭你完全沒有掌握的事情？你要掉腦袋了！」

麥可被罵得無話可說，但心裡卻仍堅信，聯合干預，才是正當，才能解救全世界！

這是生死存亡的關鍵，預測對了，法人、大戶大賺，皆大歡喜；預測錯了，麥可工作不保，信譽盡失，說不定還有殺身之禍。

在全球一致認為日幣即將繼續貶值到兩百日圓兌一美元的氛圍下，麥可再次致電Roger，「你們該考慮聯合日本央行，出手干預匯市，拉抬日幣！」麥可在電話裡建議，「否則日本就要撐不住了！」

Roger謹慎地說：「這是聰明的想法，我們也正在研究。聯合干預，歷史上沒發生過，一刀兩刃，風險很大。」

「所以啊！你們不能只干預一天，要連續、大量、明顯地干預，要讓世界都知道美、日央行的決心！」麥可掩不住語氣中的著急。

「我會強烈建議Alan的。」聽來Roger是認同麥可的建議的。

時間一天一天過去，壞消息不斷傳來，不外乎某大公司的債信降評、中型公司信用違約、股匯繼續雙殺等等。麥可心焦力疲，每天睡不到三小時，緊盯全球的金融消息與動向，客戶來電詢問不斷，不定時得向老闆簡報，更要去電紐約總部、倫敦的直屬管轄公司，報告客戶淨值的變化。這完全不是人過的日子！

一九九八年五月二十五日，離五月的法人、大戶的說明會只有三天了，日幣繼續貶至一四九兌一美元，臺幣也跟著貶到三十三．四，此時麥可注意到一則不起眼的新聞，中國大陸總理李鵬說：「你們繼續再不作為，中國也撐不住了！」麥可眼睛一亮，知道這句話的意思。

五月二十八日，說明會的尾聲，麥可說：「美、日央行聯合干預應該就是這幾天了，倘若我錯了，全球經濟就會像鐵達尼號一樣，往冰山一撞，但，我送你們一首歌，my heart will go on。希望還是在的！」

第二天，五月二十九日，美、日央行聯合進場干預，拉抬日幣，第一天就從一四九日圓，一直拉升到一三九收盤，聯合干預持續了七天，日幣從一四九一路漲到一二五。接下來，亞洲各國正式慢慢地從谷底爬出，追隨麥可的客戶，陸續平倉，個個賺得飽飽的。

麥可再次逃過一劫，這次的表現，充分展現面對壓力時的韌性與堅持。在各方表揚當中，累趴了的麥可住院休養三天。事後，麥可打電話給Roger，表示：「你拯救了全世界！」

Roger很嚴肅地回應：「是你！是你的聯合干預！」

不幸的是，麥可敬佩的LTCM雖然挺過亞洲金融風暴，卻在同年年底，俄羅斯經濟疲態畢露、債市多起違約大崩跌的衝擊下，因槓桿過大，十元的本金，做五百元的投資，不論是數理模型促使它如此，還是背後立著一個貪字，終究躲不過倒閉命運。這夢幻組合的公司，一九九四年風光成立，大賺三年之後，經不起兩場金融風暴，繁華落盡，讓人不勝唏噓。

第五章

拯救債市

銀行的大廳裡擠滿了人，擠到人貼著人、前胸貼後背，從天花板倒一桶水，地上八成也不會濕。年長的老阿公、歐巴桑即便被擠得喘不過氣，口中還是奮力叫著：「該我了！該我了！」每個人手中拿著存摺，有的一本，有的兩本，甚至有三、四本的，都嘶喊著：「我要領錢！還我錢來！」大廳外，還有更多的人搶著要擠進來，自動門的玻璃已經被擠破了，強化玻璃碎了滿地，卻無人在意，繼續往大廳裡面擠。麥可也身在大廳裡，已經滿身大汗，但還繼續奮不顧身地拚命往前擠，突然間，一位穿著銀行制服，看似銀行長官的男人從櫃台裡一躍而起，飛身側踢，麥可的頭被踢個正著，鮮血瞬間直流！

麥可痛得大叫一聲，「啊！」睡在麥可身旁的老婆被嚇醒，急忙拿著衛生紙，替已經坐起、滿頭是汗的麥可擦汗。麥可從夢中驚醒，想著剛才的夢境，直呼可怕。

Bank run（擠兌）也不應該是這樣子的啊！心有餘悸地起床、走到客廳、點燃了菸，老婆也跟著出來。

「怎麼搞的？做什麼惡夢了？」

「沒什麼，我OK的，妳回去睡吧。」麥可安慰地說。

這些年，麥可所經歷過的大風大浪，他老婆一概不知，教音樂的鋼琴教授，對世事幾乎不聞不問，職場的競爭、企業的險惡、政治的紛擾，這一切種種，不是麥可不願意講，而是講了，她也聽不懂。老婆關在自己的象牙塔裡，不食人間煙火，這也讓一位傑出人士不得不尋求其他方面的慰藉。

麥可在亞洲金融風暴中打了一場漂亮的戰役，正在如魚得水、悠哉游哉地享受著工作上的成就感。

一九九八年，華爾街日報揭露一則消息，麥可在紐約的母公司即將與一家大型壽險公司合併。這是一個世紀大合併，美國前三大的銀行與美國前五大的壽險合併，這是何等大事！

美國於一九三三年通過格拉斯—斯蒂格爾法案（Glass-Steagall Act），為防止壟斷、利益衝突，明文禁止商業銀行與投資銀行相互兼營，後來更有判例，禁止證券、銀行、壽險相互兼營。放眼歐洲，卻沒有這種限制，美國的金融業似乎自綁自縛，降低自己的競爭力。其實，在一九九〇年代，廢止格拉斯—斯蒂格爾法案的聲音從沒斷過，一直到一九九八年，這樁合併大案直接挑戰該法案，主要在於這家壽險公司旗下有家子公司，叫作所羅門兄弟公司（Salomon Smith Barney, SSB），是一家歷史悠久、排名不是第一就是第二大的投資銀行。後來，美國聯準會准許這樁大合併，也促成一九九九年廢止格拉斯－斯蒂格爾法案，並且通過「金融服務法現代化法案」，一直適用至今。美國金融業的強大，不是沒有道理的。

一九九九年，麥可的證券公司接到總部的指示，要與ＳＳＢ進行對接、合併、改名等事項。ＳＳＢ也來信，中性又溫和地告知，它們已成立各項業務合併的工作小組，冀望麥可也成立相同的小組，期使合併順暢。早在合併消息曝光的第一天，麥可就有警覺，也有心理準備，並告知整個團隊，被資遣、換上ＳＳＢ的人馬的可能性很大，原因無他，對方相當自豪於自身投資銀行的業務，規模與能力又較麥可的公司更大、更好，說是合併，其實是接管。

結果果然如他所預料，所幸麥可談了一筆滿大的資遣費，心中甚喜，準備休息個三個月、半年，再重出江湖。然而，事與願違，麥可在臺灣太有名了，辦公室尚未打包，就有好幾個工作機會向他用力招手。

麥可休了五、六天的假，就加入一家基金管理公司，這是臺灣第一家基金管理公司，成立於一九八三年，以前是外資、本地公股銀行合資成立的基金管理公司，歷史悠久、名聲響亮，人稱新興市場教父的世界知名投資專家馬克・莫比爾斯（Mark Mobius）成名前，也曾在這家基金管理公司做過總經理。

麥可上任後，本著操守與專業為核心的管理方式，大力改革與整頓，不只基金經理人、交易室的交易員、通路與直銷的業務，就連後勤單位的會計與基金行政人員，都被麥可翻了一個遍，操守、專業不行的人都被揪出來，全公司有超過三分之一的人被資遣，同時引進新人，並提拔專業佳、操守好的舊人。經過三個月的大力整頓，這家老公司煥然一新、戰鬥力十足！

麥可之所以這麼雷厲風行地改革整頓，主要原因是，基金管理公司在資本市場裡，屬於買方（Buy side），募集大眾的資金做投資，動輒幾十億，甚至百億以上的基金，沒有操守、沒有專業，是無法建立信用的；沒有信用，就無法立足，何談久遠、永續？

臺灣的金融圈子小，任何風吹草動，好的、壞的，都傳播迅速，這讓麥可的名聲又更加響亮。當然，這樣大的動作，也引發很多埋怨，甚至記恨。

「你真的不知道有多少人在你背後射箭？媽的，背後中了這麼多支箭，你還不痛？」麥可的董事長語重心長地說著。

「我真的不知道啊！董事長，匿名黑函的本身，就是懦弱的表現，如果我在操守、專業上有過失，我立刻辭職！」

麥可心知肚明，黑函內容指控的應該都是私生活的事，上酒店喝酒、帶女人開房間等等，無關工作、操守，自己行得正，從不在意別人亂吐髒水。不過，麥可還是氣壞了！以前在「這家公司」的時候，與世界級的人才為伍，就算被記恨、被記仇，也沒有像在臺灣金融圈一樣，黑函滿天飛，捏造故事，懦弱無能到了極點。

在「這家公司」裡，都是真正厲害的人，逮到機會，就在工作上，當著你的面，不經意地架個拐子（言語揶揄）；在面對面的辯論中，伸出腳，絆你一下（找陷阱讓你跳），雙方明來明往、真刀真槍，哪像在臺灣這樣，盡搞些小鼻子小眼睛的小動作。

在工作上，麥可依然秉持他的專業與職業操守，私下則仍舊我行我素。

二〇〇一年九月十一日，恐怖份子劫持民航飛機，自殺式地衝撞美國紐約世貿中心雙塔，電視機上的實況轉播如此怵目驚心，大火不斷地延燒並往上竄，在高樓層辦公的人，受不了高溫，紛紛絕望地從七十層以上的高樓往下跳，這幅景象，便是恐怖與悲哀的極致。三、五分鐘後，又高又巨大的雙塔因鋼骨支解，從最頂樓的一百一十樓開始崩塌，及至夷為平地。

九一一事件造成約三千人死亡、六千人輕重傷，被波及、受損的建築物不計其數，悲慘二字不足以形容當天的情況。美國因在中東地區搞顛覆、煽惑，惡事做盡，引來在美國本土偶有小規模的恐怖攻擊，但因為都是事後報導，通常兩、三天後就被人們所淡忘了。但九一一事件太大了、太不一樣了，美國本土從來都沒有受過這樣的攻擊，飛機撞上世貿中心的畫面更像是拍電影一樣，實況轉播、重複播放，這個痛，深烙在美國人的心中。

二〇〇〇年的網路泡沫破滅，導致市場驚慌無措，Nasdaq跌了四分之三，短短一個月內，從五千多點的當時歷史高點，跌到一千一百點。即便事況嚴峻至此，美國聯邦準備銀行（ＦＥＤ）也沒有降息，卻在九一一事件後，立刻展開降息循環。

二〇〇一年十月，麥可召開債券小組會議，「台電的公司債，傾全力搶標，市場上聽說，壽險、銀行準備出四．二％，」麥可興奮地說：「我們的四檔債券型基金，不但要業務用力扣錢進來，並告知客戶我們的策略，更要明確分析趨勢所在。」半年後，各國的利率都跟隨美國的步伐，一路往下掉，臺灣也一樣。麥可公司的債券型基金，因為利息跌，價格水漲船高，淨值成長更傲視競爭對手，基金規模從原本的四百多億，成長到一千兩百億，台電的公司債，得標利率也降到二．五％。一年前，麥可的標單是四．一％，當時同業無不為之震驚，但，他們後來都知道誰是對的。

又是一場漂亮的戰役，麥可不但臺灣出名，海外也有人慕其名而來。一家總部在倫敦的投資銀行，雖然規模不大，但是專精在幾樣有特色的案子，他們最厲害的便是管理層收購（Management Buyout, MBO）。

兩位英國人到麥可的辦公室，攤開事先準備好的文件，口頭上先簡單介紹他們的公司，麥可點頭，表示知曉。

「這張表格，是貴公司現有的各檔基金，它們的規模、收益、歷年的績效等等。下一頁是每檔基金對貴公司營收的貢獻。」他們輪流著繼續說：「下一頁，是今後五年的EBITDA，折現後，乘上權數，推算出公司總值……我們按照不同情境，列出五種價錢，並且會幫你安排銀行借款，基本上，你與重要高管不需出一分錢，這家公司就是你的了，只要用心經營，每年按時償還本金和利息，五到七年後，每年的營利都是你的，你是公司的擁有人。」

麥可自學術界跳到企業界，從不曾動過自己當老闆的念頭，總以做專業經理人為傲。但這兩個傢伙做足了功課，攤開了一條不一樣的路徑，確實吸引人。「只是，我們旗下的金雞母，能搞定嗎？」麥可想著。金雞母是一檔在紐約證券交易所上市的封閉式基金，基金規模有一百億臺幣，麥可的公司與這檔封閉式基金，自基金成立以來，就簽署管理合約，基金管理費以一．五％計算，每個月自動入帳的管理費就有一千五百萬，稱之為金雞母，毫不為過。但，管理合約上寫得清清楚楚，若基金管理公司股權變動超過二十五％，則管理合約自動失效，受益人大會得另覓基金管理人。

「沒了金雞母，還得了銀行貸款嗎？」麥可回到家，邊想邊動筆試算，如果現有的大股東們真的願意賣股份給麥可，來成就MBO，股權變動肯定超過二十五%，雖然麥可與金雞母的外資投資人熟識，很有機會保有基金的管理合約，但是，「這不是貪嗎？怎麼又起貪念呢？」麥可想到小時候，想到「這家公司」的Ben、Peter、勁湧、勁湧的舅舅，想到小紐，想到所有為貪而喪失所有的人，感覺手心濕漉漉的。麥可在工作上努力打拚，靠專業賺取高薪，有為有守，贏得尊敬。若是搖身一變，成為老闆，那還不知有多少掙扎。又細想了一下，不能貪啊，還是當專業經理人比較快樂！

兩個星期後，為犒賞大家的努力，麥可帶著公司的一、二級主管及同仁們，分兩梯次，到當時全臺最貴的渡假飯店，日月潭涵碧樓，玩個三天兩夜。就在第一晚，慶功宴剛要開始的時候，手機響了，麥可接聽電話。

「我是×××，麥可嗎？」

「我是。」

對方接著說：「我想約你聊一聊，明天下午三點，有空嗎？」

「我在涵碧樓，後天回臺北。」麥可酷酷地回答。

「好，我後天再打給你，約時間見個面。」

掛上電話，麥可知道又有事要發生了，不過應該不是壞事，而可能是好事。找麥可的人，是一間民營金控集團的第二代，在臺灣是一位家喻戶曉的人物。

「總經理，這邊請。」警衛畢恭畢敬地伸出右手指引方向。麥可被帶進位於二十五樓的會客室，陽光透過白紗窗簾，從整面的玻璃牆，均勻地灑進寬闊的會客室。藍綠色的單人大沙發，鑲著深色實木手靠，約有二十張之多，每張沙發的旁邊都有一張深色的實木茶几，整齊地間隔著。麥可就主客的位子坐定，喝著祕書送進來的熱咖啡。

「嗨！久等了。」蔡董事長親切地握著麥可的手，「請坐！」寒暄了一下，直接切入正題。「我們研究過，購併你們的基金公司，要花三十幾億，並且有一定的難度，英國的投行也告知我，你回絕了MBO的建議，我想了想，與其這樣，還不如把你買來，為我們效力。」

麥可驚訝，「這傢伙消息靈通，竟連我婉拒了MBO他都知道。」

蔡董繼續說：「我們想挖你來旗下的基金管理公司擔任總經理，同時兼任金控的首席經濟學家，帶領總體經濟研究，更重要的是，進入金控的Steering Committee，成為最高決策委員會的成員，連你，共九位成員而已。」

麥可知道，這般禮遇，可遇不可求，心中興奮，但口中鎮定地說：「真的謝謝蔡董的欣賞，這事有一點大，容我考慮兩天，後天給您答覆。」

因為麥可的名氣，媒體爭相用醒目的頭版來報導麥可的跳槽。風光就任大位的第一天，麥可寫了一封信給基金管理公司的全體員工，副本抄送蔡董事長，其中一段是這樣寫的：「我是一個講求效率、直接且坦白的人。小節無礙制度的運行，我不太在意；貳過而又影響他人及制度，則是大忌。」精確地道出麥可的管理風格。

公司上上下下都和平易近人的麥可相處融洽，不貳過、不嚼舌、講效率，整個公司坦誠相對、朝氣蓬勃。

二〇〇四年七月，麥可在臺中舉辦基金說明會並拜訪大客戶，晚上用餐的時候，接到蔡董事長的來電，這位完全放手、讓麥可充分發揮、從來不打電話給麥可的大老闆，電話裡說：「聯合投信出大問題了，研究一下，看我們能做什麼。這個消息，明天早上會見報。」語氣有點急促，這也是少有的。麥可當然知道事情的嚴重性，當晚便趕回臺北，也安排好隔天上午七點的臨時主管會議。

一早，各大報的頭版頭條皆報導聯合投信的三檔債券型基金，因衛道、博達等公司債違約，造成基金淨值下跌，並自即日起停止贖回。

這是前所未有的事情！

當時的債券型基金，操作的方法是，透過現金、短天期RP（債券附買回）、短期債券、長期債券的比例配置與調整，利用長期債券的利息，每天平均分配到基金的淨值，所以，只要債券不違約、按時付息，基金的淨值就是每天增加，不會減少。至於每一檔債券的評價，因為臺灣債券的次級市場交易不活絡，評價是很容易被操控的。麥可預測，因停止贖回，這三檔基金必定發生擠兌，也就是贖回單爆表，聯合投信不可能有足夠的現金支應大量的贖回，只能停止贖回，要不就在市場上拋售債券，換取現金，付給投資人。可是，停止贖回會帶來更大的恐慌，導致其他家的債券型基金也發生擠兌。在市場上拋售債券，必定引發價格崩跌，整個債市必定崩盤、無法運作，這樣就會引發另一波的企業倒閉、大量失業，沒完沒了！

麥可愈想愈怕，這樣的結果，將導致債券市場萬劫不復，臺灣整體經濟都會大受影響，衰退是必然的！

經過仔細精算，聯合投信的三檔債券型基金，除了衛道、博達，其他的債，都是上品，而衛道、博達的損失已被認列，現在的基金淨值，保證是原汁雞湯，接管必定有利，更可穩定市場。

當天下午，麥可就跟蔡董事長報告，接管三檔債券型基金、拯救聯合投信是可行的。新聞發布的第二天，其他基金管理公司也不是傻瓜，紛紛透過公會，向證期局表示接管的意願，政府官員不明就理，準備讓三家較大的基金公司分別接管聯合的三檔基金，這種鄉愿的做法，讓麥可生氣了。

「長官，如果一家接一檔，那就別算我了！我們退出，政府準備銀子吧，擠兌立刻發生。」麥可直接了當地跟官員報告。

「不會吧？你怎麼這樣說？」在電話上，官員還一派不以為然地說。

「據我所知，那三檔基金的總規模是二百九十二億，昨天見報後，贖回申請單已達一百六十三億，今天肯定更多。我們是金控，壽險、產險、銀行、證券全體動員，挪出一百億，彌補贖回，大概還有一點機會，其他的投信，沒錢做這個事的！」麥可激動地說，「就我們一家，接管三檔，若要找別家一起，我們退出。」

沒有人敢這樣跟官員說話的。麥可心中雪亮，因為官員不知道事情的嚴重性，同業沒有能力在短時間內籌到這麼多錢，只有語帶威脅，由能者統籌辦理，指揮一統，才能拯救債市。

麥可的夢境居然成真？擠兌不應該是表面上的混亂，而是暗藏在底下的風險。銀行被擠兌時，央行、其他友行、存保公司都會擺出成綑成堆的現金，眼見為憑，安定一般大眾的心，只要讓大家領得到錢，一天就沒事了。基金擠兌卻是更可怕的，投資人看不到錢，只知有債券（資產），為了自保，搶先贖回，基金經理人變賣資產，籌措現金歸還給投資人，但是，倉促變賣，必有虧損，這將帶動更多的恐慌性贖回，當所有債券型基金都被擠兌時，當年的總規模是二．三兆，這是一個龐大的天文數字，大家都要賣資產變現金，債券市場必定崩盤，所有人血本無歸。

下午，證期局的大長官們也在開會討論，會議中沒有緊張、沒有迫切的氣氛，「只讓一家接管這三檔基金，是不是有圖利的嫌疑？」一位長官說。

「應該不會吧？但，這是個燙手山芋，要費點勁才能解決。」

「其他兩家好像也有強烈的接管意願。」另一位長官說：「要不，你去電再確認其他兩家的意願，若確認，我們就讓三家，每家接管一檔。我們是主管機關，不容許業者威脅、指使，這是面子問題，也是原則問題。」大長官指示。

這位大長官曾被麥可嗆過，後來還平步青雲，真不知專業何在！

無知、可惡的官員還不知大難將臨，繼續拖延。麥可為了自家的債券型基金，未雨綢繆，已經跟熟識的大券商、發行公司談好資產去路，以防萬一。

第三天下午六點，麥可還是沒接到證期局的電話，正在心中咒罵這些無知的官員，手機響了。

蔡董關心地問：「有證期局的消息嗎？」

「還沒有。這些昏官，不知問題的嚴重與可怕啊！」麥可激動地說。

「我剛剛聽說其他兩家不接了，可能是知道不容易吧。」

「哦？那證期局還不來電，是在搞什麼鬼？」麥可最後對蔡董說：「God bless Taiwan!」

接著，麥可按照既定的行程，晚上八點跟全省各分行的理財專員、主任演講，這是每半年度的盛事，就在麥可辦公樓地下二樓，國際會議中心舉辦，幾百個座位的場地，座無虛席，每位主任都要從這位有名望的首席經濟學家身上學習趨勢以利推薦商品。正開始演講，手機就在左口袋裡震動，麥可不理會，繼續專心演講，卻覺得這通電話是掛了又撥，掛了又撥，完全沒有稍停的意思。麥可被迫暫停演說，接起電話。

證期局的長官在電話裡驚慌地說：「總經理，我們還是想跟您再談一談。」

「我正在演講，能等一下嗎？」麥可打斷對方，掛斷，繼續演講。

手機又震動了。麥可跟理專、主任們說抱歉，再接起電話。

長官半懇求地說：「時間緊迫，我們已經把接管合約傳真到您辦公室了，請總經理盡快過目！」

「是一檔，還是三檔？」麥可直指關鍵問題。

「如您的意思，三檔！」長官懇切地回答，「另外，為使投資人保持理性，明天下午兩點半，證期局會召開記者會，請總經理務必到場說明接管事宜！」

麥可答：「準時參加！」

麥可收起得意的笑容，跟幾百位理專說：「等我半小時，我去處理一件又急又大的事！」

趕緊上樓，衝進辦公室，仔細看了合約，又去電證期局長官，改了幾處小細節，同時也致電蔡董事長，並請他安排明早的接管會議，事關重大，必須動員集團所有的子公司，非得由蔡董親自召集、主持才行。

麥可簽了字、蓋章，回傳給證期局、聯合投信，正本妥善地放在桌上，明天快遞給對方。再衝下樓，繼續演講。

第四天，早上十點，集團會議上——

「聯合的三檔債券型基金，截至目前為止，贖回單的總數是二百六十三億餘元。」麥可報告最新的情況。

「等一等！」蔡董插嘴道：「本來不是一百六十三億嗎？整整多出一百億耶！」

「總規模二百九十二億，贖回總共二百六十三億，這事能做嗎？」

「麥可，你腦袋壞了！」

「整個集團去哪裡挪二百六十三億？搞什麼東西啊！」

「這樣子搞，集團都垮了！」

蔡董一連串地嚴厲指責。

所有與會的子公司董總都默默無語，等著麥可的回答。空氣凝結了，每個人動也不動，室內一片靜默之際，蔡董掏出根菸，點燃後大吸一口，又說：「下午的記者會不能去了，打電話給證期局，說我們不玩了！」

煙霧迅速繚繞在集團的大會議室裡，這種高壓的凝聚、煙霧繚繞的景況，從未發生過。

麥可也慌了，硬著頭皮，靜靜地說：「我爭取在合約上清楚地寫著，接管後，第四週的週一開放贖回，我們還有二十一天。按照我的計畫，十天內，我有信心勸退法人投資人，撤銷贖回單約一百億元，名單與金額在各位的桌上。另外，請壽險準備四十二億、銀行三十六億、產險十四億，共九十二億，視情況，按比例平均挹注到這三檔基金，其他的，只能找金融同業幫忙了。」須按比例，主要因為有規定，單一法人購買同一檔基金，最高上限是該基金規模的十%。

「你確定可以勸退贖回一百億？」蔡董急著問。

「應該可以！法人知道逼迫基金拋售資產，他們虧更多，只要有人出來穩住擠兌，市場就會恢復正常，忍一時，就會換回利潤。」麥可接著說：「各位桌上的另外一份法人名單，是我們比較不熟識的，若各位董、總有熟識的，或有業務往來的，也請鼎力相助！」

蔡董聽到這裡，拿起筆，埋頭不知道在寫什麼。過了一會兒，他才抬起頭說：「好！大家一起全力以赴吧！」

就這樣，麥可下午出席記者會，在幾十支麥克風的面前，宣布接管，並敦請投資人冷靜，二十一天後，肯定開放贖回，本錢一定拿得回來。

市場還是緊張，債券價格持續往下跌，各基金也在慢慢賣資產、儲備現金，以防萬一，但，這不是崩盤。麥可帶隊，馬不停蹄地拜會各個機構法人，每天下午六點，公布戰報，詳列勸退金額。短短七天，法人撤銷的贖回金額已達一百一十三億，增加申購的也有三十多億，債市亦趨穩定。

之所以這麼順利，一是先找往來已久的客戶，他們對麥可的公司有一定的信任；二是再找對財務比較專業的法人，他們知道那三檔基金的資產品質。這七天，不但勸退順利，還有幾家機構法人，除了撤銷贖回，更當場填妥申購書，加碼買進。

第八天之後，勸退法人贖回的艱辛過程才真正開始。有法人請保全站在門外，擋著麥可的團隊，不准進的；也有些法人的財務長準備好切結書，要麥可簽字，若虧損，麥可的公司須負賠償責任；也有好說歹說，所有的分析重複再三，還是完全不讓步的。麥可的團隊每天繼續分三組拜訪，一次不成，再來一次，三次、五次，金石總要開吧！

麥可跟金控的長官報告：「我們盡力了，接下來，看老天的了！」

開放贖回的第一天，大家屏息以待，申購贖回相抵，淨流出四十二億，這數目接近那三檔基金的現金部位，支付全無問題！但是，明天呢？繼續這樣的淨流出，還是得賣資產啊！麥可協調集團的各個子公司，按照可挹注金額的三分之一，約三十億，立刻準備就緒，明天若有現金不夠支應時，就按比例申購。

緊張的時候到了，整個市場，包括證期局、金控各子公司、所有金融同業、投資人、麥可的團隊都緊繃著、等待著。

開放贖回的第二天，下午四點，數字結算出來了，「淨申購三十七億！」麥可激動地大叫，「穩住了！集團的錢，一毛錢也不需要挹注了！」

市場也聽到了，麥可拯救了債市，買債券的力道回來了，一切又慢慢恢復正常。接下來的幾週，麥可接管的三檔基金，總規模已經超過四百億，也讓麥可的基金公司成為臺灣第一大，基金管理規模超過兩千億。

「麥可真不愧是我所見過的經理人中，最傑出、最有擔當的，洞察趨勢，又臨危不懼、不亂，堪稱表率！」金控大家長，蔡董事長的爸爸，在慶功宴上，大聲稱讚麥可。

又一次風光大勝，正如同亞洲金融風暴肆虐時一樣，麥可夜以繼日地工作、奮鬥不懈地堅持、真知灼見地洞察，贏得光榮、贏得尊敬。

慶功宴結束後，蔡董把麥可拉到一邊，從西裝口袋裡拿出一張紙，「這是那天我們開集團會議時，我寫下的。送給你，作為紀念，我永遠會記得這一天！」

麥可接過來，看到紙上只寫著兩個字：膽識！

二○○五年五月，一個平常的早上，八點左右，六、七輛SNG實況轉播車停在麥可辦公室的大樓外面，大批媒體記者、攝影記者擠在大門入口處，附近的民眾不知就裡，圍觀看熱鬧的，更是一圈一圈地包圍著整個大樓前的廣場。

「老闆！門口被圍得水洩不通，待會兒您到公司，一定要司機把車開到地下室，從貴賓電梯上來。」麥可的祕書緊急來電叮嚀。

「知道了。」麥可簡短回應。

一樁緋聞，又讓麥可登上新聞版面，遭媒體嗜血追逐。

第六章

老婆、情人、靈長目

就在接管聯合投信的三檔基金時，麥可帶隊，馬不停蹄地拜訪、勸退機構法人的贖回單。有這麼一家，滿奇怪的，公司不大，也沒啥名聲，卻有約十億元的部位，分散在那三檔基金。更奇怪的是，該公司位在一棟很高級的辦公大樓裡，內部的裝潢卻簡略破舊，活像一九八〇年代的老公司，幾張舊桌子、爛椅子呈直線排開，天花板上的日光燈還是懸在半空中的，破洞清楚可見的窗簾密密拉上，阻擋陽光進入室內。

這家小公司的董事長另有行程，派了一位身材高䠷、穿著時髦、美麗大方的副總經理，客客氣氣地接待麥可。麥可在會議室裡，眼睛繞了一圈，眼前陳設一樣老舊不堪，桌上滿是刮痕，因為是拚起來的會議桌，拼接處的縫隙足足有一掌厚。麥可打開筆電，準備接上投影機，卻發現會議室並沒有投影設備，只好拿出裝訂好的紙本，準備開始簡報。

「這個資料，我不要看啦。」陶副總轉過頭，親切地對麥可的直銷業務Sarah說：「Sarah，請總經理坐吧！我哥哥吩咐過了，明天上午，我們就會完成撤銷贖回單的程序。」

「總經理，您看吧，來的路上，我就跟您報告，威風企業很樂意配合您的。陶董事長非常欣賞您，不但聽您的演講、看您的專訪，更看您寫的文章，是不折不扣的鐵粉哪！」Sarah搶著說。

麥可心想：「我不知道這家公司，也不認識什麼陶董，這十億，勸退得也太容易了！」

後來待債市穩定，陶董約麥可吃晚餐，訂在敦化南路的「新同樂魚翅餐廳」，麥可準時赴約，要去會會這位幫大忙的鐵粉。

抵達餐廳時，陶董、陶副總兩兄妹已在小包廂內坐定。陶董西裝筆挺，站起來迎接，個頭又高又胖，約有一九〇公分高，體重肯定超過一百公斤，歲數應該跟麥可相近。陶副總名叫陶品侑，身高也有一七五左右，瘦高瘦高的，身穿一襲黑色洋裝，露出白皙的長腿，也起立示意。

「陶董，您好，謝謝您的鼎力相助，這頓飯，應該是我來請！」麥可客氣說道。

「開什麼玩笑！你幫我賺的錢，那可多了！」陶董聞言大笑，兩人換過名片。

「真的，我哥靠著從總經理這兒聽來的、投資的，真的賺了很多錢！」陶副總搭腔，「大家先坐吧！」

陶董準備了兩瓶五大酒莊的紅酒，年份也好，一道一道的廣式佳餚，佐以頂級的紅酒，麥可抽著菸，聽著陶董發跡的故事，正在享受這頓豐盛的晚餐，忽然聽見關鍵的句子：「……曉星幼稚園的園長，吳修女，找到我的心病……」

「你念曉星幼稚園？」麥可問。

「是啊！」

「他媽的，你就是那個搬大石頭往我頭上砸的傢伙！陶凜正！」麥可看著陶董的名片，驚訝中又帶著一點氣憤。

「麥可，你終於記起來了！我一直記得你。你不是也賞了我一大巴掌嗎？」陶董回應，雙手向下擺了一擺，示意麥可別激動，接著說：「我小時候，父母感情不好，整天吵架，偶爾還大打出手，我也不記得自己是怎麼過的，只知道自己孤僻、脾氣不好，慢慢地，我就不說話了，怨恨自己，討厭別人，性情愈來愈暴戾。對不起！當年，我真的不知道自己在做什麼！」

陶董繼續說：「我剛念高中的時候，還是脾氣壞、性格怪、沒朋友，後來在教會裡碰到吳修女，她真是有大愛的人，不但對我循循善誘，就連我父母親也聽她的教誨。唉，沒有她，就沒有今天的我！」

麥可想起小時候的幼稚園、想起好多事情，但就是想不起陶凜正這三個字。誰會記得幼稚園比自己高一班的同學名字呢？

「是啊！我小時候也很慘，因為是老么，不是被爸媽懲罰，就是被哥哥教訓，心裡只想著逃離這個家。」陶品侑接著說。

「喔！我也是老么，不過，我是被寵壞的老么。」看著陶品侑嬌滴滴的模樣，麥可忍不住補了一句：「妳小時候被打得那麼慘，一定常常哭著臉，怎麼長大後變得這麼漂亮？」

「哪有？我長得一般般吧。」品侑撒嬌似地回答，滿臉笑容，更添嫵媚。

「我創立威風企業的時候，有一天在電視上看到你的專訪，就想起你小時候被我扁過，誰知道你現在這麼傑出，留美的博士，對經濟、產業的分析格外與眾不同、極有見地，從此以後，我就經常follow你的消息，四十年了吧？今天終於碰面了。」陶凜正嚴肅地說。

「對呀！我哥哥很崇拜你的。」陶品侑插話。

整場晚餐，酒好菜好，輕鬆愉快，賓主盡歡。

陶凜正後來念的是工程，對材料，尤其是廢棄物的分解、萃取，有獨到的技術，在循環再生的領域賺了大錢。因為對廢棄物的定義不同，也解釋了辦公室破舊的原因。

陶品侑大學畢業後，在哥哥的資助下，跟男朋友去美國混了四年，後來男朋友閃了，她拿了ＭＢＡ，一個人返臺，在哥哥的公司上班，頗有襄助之功。

二〇〇五年五月的那個早上，最新出刊的壹週刊封面上登了斗大的字：「投信梟雄爆婚外情」，還配上一張大照片，是麥可與陶品侑在餐廳相互餵食的親密照。麥可自亞洲金融風暴、接管基金、拯救債市以來，幾乎成為半個公眾人物，路上的路人、餐廳裡的客人、計程車司機、水果攤老闆，常常突然跟麥可問好，或是問匯率、問股市，這樣的事，時而令麥可開心，時而令麥可驚訝，隱私真的跟不記名的鈔票一樣，丟了，就找不回來了。那些SNG轉播車、廣場上的媒體記者、攝影記者都是衝著壹週刊的事而來的。

與陶氏兄妹在新同樂聚餐過後，兩人每隔兩、三週就聚一次，一方面麥可能言善道、學問淵博，再加上酒量也好，談笑風生之間，常讓賓主盡歡。陶凜正未曾結過婚，一直單身，麥可不受管束，也算自由，兩人相互介紹好朋友，也相互介紹熟識的酒店、漂亮的女人，樂此不疲。

一晚，麥可有個應酬的飯局，與會者都是金融業的前輩，相敬如賓之外，就是假裝正經，對事從不究理，只談表面，對人也總是吹捧一番，從不深入。麥可其實滿討厭這類的飯局，但是，人在位置上，應應卯，還是需要的。

餐會快要結束時，手機震動了，「麥可，待會兒有空嗎？我們去喝兩杯。」陶品侑輕鬆地說。

「哇！我的榮幸。去哪兒呢？」麥可回。

「CJW！知道地方嗎？」

麥可問了地址，餐會也就要結束，行禮如儀後，就往那家店奔去。

進門，品侑訂了一間在地下一樓的小包廂。這是一家很有品味的雪茄吧，現場有爵士樂隊演奏，但包廂不是密閉式的，沒有門，只用一片黑色的薄紗作為遮掩，地毯、沙發、茶几都頗為講究，最令麥可印象深刻的是，每張茶几桌面上，都有一大盆插得很精緻、滿滿的鮮花。麥可想：「這些漂亮的花，怎麼經得起雪茄的摧殘？」—

品侑站起來迎接麥可，讓麥可坐了主位，自己在旁邊的單人沙發坐下。品侑穿得一級風騷，但也不失優雅。連身洋裝，裙子極短，胸前開得頗低，白皙的長腿、嫩白的乳房，讓人心猿意馬、無限遐想。

陶品侑的臉上有些淡淡的雀斑，若不是她白，可能還看不見呢。鵝蛋臉，有點肉，由明亮大眼可知做事、做人不寡毒；鼻子不大，鼻翼也不寬厚，但鼻梁挺得很，還有一點鷹勾，心中應該很有主見；嘴唇不厚不薄，閉著嘴的時候，嘴角微向上揚，肯定經常帶著笑容。

兩人聊著聊著，柔和的燈光、慵懶的音樂，加上幾杯威士忌下肚，麥可邀陶品侑過來坐在他身邊。那是一張只比單人座椅略寬幾分的雙人沙發，兩人坐得很近，有時候，臉一轉，面對面，幾乎就要碰到彼此，麥可只要頭往前伸個幾公分，就可以親到品侑的嘴唇。麥可知道她單身，她也知道麥可已婚，有兩個小孩，好幾次，面對面的時候，麥可衝動得想湊上去親她一下，卻都沒有勇氣。

其實，在這種氣氛下，麥可心中想的，品侑怎能不知？牡羊座的她，決定採取主動，「等一下！別動！」

當時麥可恰好正面對著品侑，聽話停止動作，而品侑嘴唇湊上來，毫不遲疑地親了麥可一下，她本意只是要輕碰一下，表示主動，卻不知怎地，兩人竟熱吻了幾十秒。

畢竟這是第一次接吻，又在一個只有薄紗半掩的包廂，兩人坐直，尷尬地舉起酒杯，互敬了一下。

「你怕嗎？你怕什麼？」品侑在麥可耳邊輕聲詢問。

「不怕啊，我怕什麼？」麥可回應。

「那就好！」說完，品侑幾乎半個身體趴在麥可身上，嘴、舌親遍了麥可的臉、耳朵、嘴、舌。

面對品侑的直接、大膽，麥可有點侷促不安，愈來愈是被動，甚至不太配合這些親密動作。但是品侑完全沒有停止的意思，口中不停喃喃唸著：「你怕嗎？怕什麼？」

當晚回到家，已經凌晨一點多了。麥可放輕動作，寬衣、梳洗後躺在床上，睜著眼睛，腦中思緒奔騰。

「這娘們兒，到底要怎樣？」

「我花名在外，又有老婆，她不是不知道！」

「中國人古來三妻四妾，有何不可！」

「男人基因裡本就有獵人本性，靈長目的男人，不應只有一個女人！」

「她老哥不知會怎麼想？」

思前想後了好一會兒，轉頭看見熟睡在旁的老婆滿臉祥和之氣，嘴角還帶著些微笑意，看著看著，麥可閉上眼，也睡著了。

麥可剛去美國念博士的時候，雖然英文好，也把研究所程度的總體經濟學與個體經濟學準備得夠踏實，但是對於拿到博士學位，還是沒有十足的把握。平日裡，他上課專心，下課就上圖書館。每門課，除了教科書外，參考書與期刊論文簡直是多到念不完。麥可每天一早在宿舍餐廳用完早餐，就搭校園的巴士到經濟所上課。假如早上沒課，就直接去圖書館。博士班的研究生，只要你申請，就會有一張專屬的原木座位，桌面寬大，下方設有抽屜，相連的椅子也是原木做的，可前後調整，椅面上綁著一張厚厚的沙發墊，久坐也不覺得屁股痛。研究生樓層的嵌頂日光燈不甚明亮，但每張桌面的左邊角上，都有一盞可調角度的桌燈，燈泡的黃色光線，柔和而不刺眼。老外左撇子多，桌燈可以移到右邊角上，貼心得很。麥可常常一早就到，晚上十點才離開。有些研究生則是晚上十點才到，天亮才走。在美國的一流大學裡，圖書館都是二十四小時開放的，唯有在學期結束後的第五天起，連續關閉一週，其他時候，全年無休。

第一學期，麥可修三門課，九學分，總經、個經、最適控制（Optimal Control）。麥可大學時期就學過經濟理論了，當時他總是事先預習，深入且充分準備，常常在課堂上嗆老師講錯了，甚至衝上講台，導出數學方程式與圖形的關係，證明老師確實有錯。當時的他，驕傲、囂張，被同學笑稱「大炮」。

念博士卻又不一樣了，儘管是學過的理論，但解釋的方法既深奧又難懂，更難的是，期刊論文都在找出眾所皆知的理論的錯處，純學術性地探討真理。而這些艱深的期刊論文還都是必讀的。這就是為什麼早期念博士比較辛苦、困難，全職學生夜以繼日地念書都還念不完啊！再看看今日的在職班，學生全職工作，兼職念書，怎念得全？怎念得好？

第一次期中考的成績公布，三門課，麥可通通拿A，這是值得大肆慶祝的事，雖然只是第一次的期中考，但其中的意義在於，念書的方向對，可以撐下去，有取得博士學位的機會。

麥可緊張的心情獲得一些緩解，在宿舍吃飯時，也稍稍會和老外、老中扯淡。一天，吃午餐時，看到一位東方女生，頭髮長而蓬鬆，約一六五公分高，戴著一副細金邊的眼鏡，穿著成套的米色長褲、長袖運動服，走路、取餐、喝水、進食，舉手投足間都散發出優雅與氣質。

「你有看到左前方那個穿米色長褲的女生嗎？」麥可問跟他同桌的香港仔，對方是念ＭＢＡ的。

「喔，香港來的，念ＭＢＡ，跟我一樣。」

麥可聽了，沒作聲，心中有點失望。那個時候，念經濟學博士的麥可一向瞧不起念ＭＢＡ的，更何況是香港來的，現實、短視。

又過了幾天，麥可點了食物，端著托盤，要找位子坐下。有位與麥可相識，搭乘同班機抵美、念音樂的女生向他招手，表示這裡有空位。麥可過去、坐下，打了聲招呼：「妳們好！」

「麥可，這位是我師大的學妹，ＪＪ；ＪＪ，這是麥可，念經濟的。」

麥可聞言驚訝，這位ＪＪ正是他前幾天看見的女生，「妳不是香港來的，在念ＭＢＡ？」

ＪＪ搖搖頭，「我看起來像嗎？」

她的聲音清脆、國語標準，麥可不禁在心裡咒罵，「他媽的，那個混港仔，不知何意！」

從那天起，只要時間允許，麥可就從旁觀察，找機會跟ＪＪ搭訕。原來，她的出身不錯，父親是臺北商界的名人，母親是師大音樂系的聲樂教授。ＪＪ生來就是絕對音感，五歲起就彈鋼琴，自幼就被管束得很嚴，街邊的攤販、小吃、冰店，一概不准吃，就算同學一起出遊，父母不在身邊，她也謹遵母命。放學就回家待著，看看書、彈彈琴，頂多跟姊姊玩玩丟沙包的遊戲。而麥可自小就是野孩子，打球、殺刀、泥巴仗、河裡抓魚、到處亂吃、想幹啥就幹啥。

一個好靜，一個好動，但也都有高人一等的知性與感性，有好多好聊的事情，也有更多相互羨慕的感覺，就這樣，兩個聰明人，在麥可槍林彈雨的追逐下，半年後，就搖控雙方父母在臺北見面，雙方都覺得兒子、女兒很會選親家。

麥可與ＪＪ在美國註冊結婚，也回臺灣做了登記，並宴請賓客，然後一起返回美國，繼續攻讀兩人的博士學位。接下來的五年，這對佳偶過著永浴愛河、簡單快樂的日子，直到麥可與ＪＪ學成歸國。

品侑主動表態的第二天，麥可約了陶凜正吃午餐。麥可是藏不住話的，更何況他又與陶凜正相熟。

「你老妹是個什麼樣的人？」麥可簡單說了昨晚的事。

「她一向敢做敢當，人漂亮、愛工作、熱情，但是滿驕傲的，因為眼光高，交過幾個男朋友，最後都吹了。品侑跟我說過，她滿喜歡你的。你們這兩個傢伙，一個牡羊，一個射手，都各自管不住自己，隨你們便啦！」說著，陶凜正面露無奈，「都快四十歲的人了，我也管不住她。」

品侑活潑、善解人意，對麥可的工作內容一清二楚，也非常體諒麥可的沒耐性與大男人，每遇爭執，品侑總會像小女人一般，陪個笑臉、承認錯誤，等麥可氣消了，再把自己的論點說清楚，一則爭回面子，二則讓麥可慚愧，怎麼對她這麼壞。由於她自己也愛工作，所以對人、對事，都有自己的想法，常與麥可討論，頗得麥可歡心。麥可在投資上的專業更對他們兄妹的生意大有幫助，私下，品侑也常跟著麥可與朋友大塊吃肉、大口喝酒。

反觀麥可的老婆，執著於心靈的滿足，對於口腹之慾、金錢遊戲，皆盡不屑一顧。此外，ＪＪ的身體極為敏感，吃、喝都極度小心，對麥可來說，這是極大的不方便；加上個性愛靜、不苟言笑，因而受不了麥可的餐敘，尤其酒過三巡後，大家大聲瘋言瘋語、相互糗罵的時候，麥可的老婆就會悄悄離席，久而久之，許多場合他也就不帶老婆了。

麥可的朋友多為商場、企業界的勝利者，對於培養下一代，都有很多願景與藍圖，ＪＪ卻從不要求孩子的成績，只在意讓他們自由自在地長大，這點麥可也同意，只是麥可不時會覺得孩子們散漫得有點過頭了。

當初孩子還小的時候，麥可會要求背誦，先會背，再求理解，麥可自小就是這樣被教導的，而這也是曾國藩的治學方法，「勉強」為上。麥可堅信，這是對的方法，但是ＪＪ完全不同意。光是這點，兩人就大吵好幾回。

由於麥可工作忙碌，吵到最後，也只有退讓，家中的事、小朋友的事，悉數讓老婆主導，雖不完全滿意，但也差強人意。老婆教小孩，唯一最讓麥可欣慰的，就是誠實。不論大事、小事，對朋友、對老師、對父母，兒子、女兒都誠實以對，從不說謊話。老婆這樣教小孩，也這樣對麥可。誠實能讓人坦蕩蕩、舒服自在，麥可對自家人的誠實作風向來是引以為傲的。

在臺灣、在香港、在整個亞洲，上酒店談生意，女侍作陪，借著美酒、女色，放鬆心防，都是再正常不過的。麥可幽默風趣、待人以禮，雖不是很帥，但有腦袋、有學問，深受酒店的女人青睞，說是從不出軌，傻子才信！偏偏麥可的老婆就信，她相信麥可的誠實。麥可還曾經帶著老婆去酒店，讓她見識見識呢。

二十世紀沒有柳下惠。麥可經常在陷阱旁邊流連，怎麼可能不掉下去呢？

很多年前，有一次在酒店裡，黃湯喝多了，媽媽桑攙扶著麥可去賓館小憩，也不是麥可主動，是這位年輕的媽媽桑心儀麥可許久，自動獻身，翻雲覆雨之後，麥可很後悔，掏出錢包、付錢，然後就準備迅速走人。

「站住！我不要你的錢啦！我是喜歡你。」媽媽桑說。

「不行！我要回家了。」麥可說完，就匆匆走了。

到家後，脫衣、衝去洗澡，把全身洗個遍。躺在已熟睡的老婆旁邊，有說不出的怪。想到許久未交談的上帝（大學畢業後，麥可就不去教堂，也不禱告，更不辦告解了）；想到婚姻聖事的誓言；想到自己身體好、精力旺盛，需要自慰才能滿足；想到自慰時，淫穢的畫面裡全是別的女人；想到男人的腦袋裡，每天閃過數百次的性、女人、淫思；想到中國人以前三妻四妾，比較合乎人性；想到靈長目的猴子、人猿、猩猩，認定群體裡的雌性都是自己的。

麥可啊麥可！你該如何是好？

過了幾天，麥可平靜地、歉疚地向ＪＪ坦白媽媽桑的事，也把自己腦袋裡想的、生理上的、心理上的、婚姻制度上的、宗教上的、動物學上的，一股腦兒地全說了。ＪＪ坦然接受，更誇讚麥可的誠實，還安慰麥可，讓他無須太過傷心、自責。

又過了幾天，事情起了變化！

女人就是善變！ＪＪ對麥可變得愛理不理，臉色常常不好，也開始對麥可沒有耐心，說話都冷冷的。麥可知道，老婆的心裡還是痛、過不去。麥可極力表現，盡量推掉飯局，完全不去第二攤。這樣的生活，麥可堅持了整整三年！

麥可的狐群狗黨們個個痛批：

「傻子！有些事，只能做，不能說。」

「笨蛋！就算抓姦在床也不能承認。」

麥可回應：「誠實才是上策，躲躲藏藏的，不舒服，坦然面對，才會自在。」

然而，工作上的壓力、整個社會的大男人氛、酒店裡漂亮的女人、精力旺盛的生理，這一切累加，讓麥可在三年後終究故態復萌，但他自己訂出一套荒謬的標準，堅持只有付錢的發洩，不談情愛，且發洩的對象不能重複，冀望對ＪＪ的感情能維持不變。

而這回，陶品侑的出現，讓麥可暈船了。

麥可帶她出差，美國、英國、日本、香港、東南亞、大陸，麥可白天開會、拜訪客戶，品侑自己打發時間；晚上回飯店，吃好、喝好以外，品侑悉心照顧忙碌一整天的麥可，精油按摩、熱敷捏腳，將他伺候得極好。在臺北時，他倆也常常相約晚餐，有時飯後就回家，有時趕去朋友的第二攤，有時還帶品侑去。

陷得深了，麥可決定向老婆坦白。雖然品侑甘願做小，但她同為女人，知道成功的機率不高。

「你要跟你老婆說我的存在，我管不到，但你得想一想後果。」品侑說。

「我與ＪＪ的感情還是在的，我對妳的感情也是真的，妳願意做小，我很高興，讓我試一試，ＪＪ說不定會認了妳這個妹子呢！」

麥可天真地往好處想，覺得ＪＪ有機會答應麥可有個小老婆，堅持坦白，主要的原因還是受不了不誠實的壓力與不舒服。

麥可說了，即便丁太太不置可否，麥可卻如釋重負，心情舒服多了，接下來，就是要在老婆與情人之間周旋。

壹週刊出刊前兩天，編輯打電話給麥可，「我們握有確實的證據，你應該知道這事吧？」

「要登就登，不要囉唆！」麥可生氣地回答。

壹週刊也同時打電話給丁太太，因為丁太太早已知道這事，並知曉細節，完全不驚不氣，還要求與壹週刊見面，探究為何聚焦在她老公身上、都在哪裡跟拍、過程如何，完全符合ＪＪ探究真理的本性。

出刊當天，大批媒體爭相包圍，祕書與公司的同事都緊張到不行，但其實麥可在接到壹週刊的電話後，就直接與蔡董事長碰面，詳細述說此事，蔡董第一個反應就是去電黎胖子，希望把這事壓下來，不刊登，不過大家都知道黎胖子的態度，這個要求有其難度。

「你還真敢，老婆已經知道了，你確定？」蔡董大笑著。

「我早就跟ＪＪ說了，還央求她接受我有個小的。」麥可回答。

「那我們不要施壓，讓它登出來，但是要做好對集團傷害的準備。」蔡董語氣中並無一絲緊張與不悅。

「電子媒體、平面媒體，都要先打招呼，別隨壹週刊起舞。」麥可建議。

「好，我有幾家熟識的，可以試試。」蔡董說。

傷害控制計畫在幾分鐘之內就搞定了，最後，蔡董對麥可說：「你老婆，多好的一個人，多疼愛點，至於情人嘛，你自己好好解決。臺灣是個大男人的社會，出軌是可以被包容的。你沒事的！」

而壹週刊刊出後，還是引起軒然大波，麥可手機關機，一概不接受採訪，靜待風波平息。因為處理得當，大部分的電子媒體只播報一次，跑馬燈也拿掉了，重要的平面媒體則只一家刊登，且故意放在不起眼的版面。三、五天後，餘波就被其他新聞取代了。

蔡董仔細閱讀壹週刊的報導，內文對麥可的工作能力、待人接物、品德操守其實頗有讚揚，令人疑惑的是，跟拍路線、地點與時間，不是熟人、好朋友，絕對不可能知道的。

「麥可，仔細想一想，這應該是你的熟人告的密，壹週刊欺負你有名氣、有賣點，才出動狗仔隊的。」蔡董接著說：「提醒你一下，以後小心一點，我接到關於你的匿名黑函，都是這類的事！」

又是匿名黑函，麥可生氣地說：「懦弱！孬種！羡慕、嫉妒我的人還真多啊！」

這次，麥可真的感覺受傷了、覺悟了。這世道，紅眼症、懦弱者充斥，專業、操守固然重要，還是要多學著點做人，免得被當箭靶，後背插滿了箭。

陶品侑也躲了一、兩週，獨自去土耳其旅遊，採買了幾樣禮物給麥可，其中有一樣很特別，是黃K金做的精緻匕首，刀鞘還鑲著許多顏色的寶石。麥可很喜歡，放在書桌上做擺飾，防小人，但後來證明，這把匕首一點用都沒有。

經過壹週刊的事，麥可開始懂得低調，也漸漸回歸家庭，不再高談靈長目，也避談封建時代的三妻四妾，原因無他，女人太難搞了，全天下沒有比周旋在兩個女人之間更難的事。

「周旋」兩字看似簡單，其實大不易！既要維繫看似即將崩敗的婚姻，又要令他的情人知難而退，讓麥可這種只講理、直來直往、神經大條的人，受盡苦頭。

老婆不是很確定麥可會回到她的懷抱，儘管麥可說的、做的都出自真心，手機交給她看、去哪兒都先告知、隨時隨地接受她追根究柢的詢問，可是麥可的老婆還是不滿意，莫名的壓力就像是一道隱形的牆壁，阻絕著麥可與JJ的情感。

情人陶品侑挑明威脅，她沒有要篡位，只要麥可的人，願意永遠藏在桌子底下，分手試試，死給你看。

麥可心焦力疲，遠比亞洲金融風暴、拯救債市時還要疲憊，以前光彩明亮的開懷大笑，現在幾乎看不到了，取而代之的是悶悶不樂的情緒糾結，揮之不去，生活也過得灰暗，待在家裡陪老婆，搞得好像是盡義務；藉口飯局外出，陪伴陶品侑，因放棄與朋友歡聚而心有不甘，常常搞得吵架收場，毫無相處的品質可言。

麥可知道，自己找的，就得自己受。幸運的是，隨時間慢慢逝去，可能老婆、情人都覺得折磨麥可折磨得夠了，陶品侑漸漸自行消失，ＪＪ慢慢開始像個妻子。

麥可想：「原因是什麼？Only God knows!」

第七章

混帳教授、無膽官員

白文正澎湖自殺！

斗大的字刊載在各大報的頭版頭。白文正，寶來金融集團的創辦人，人稱「新金融商品教父」，澎湖人，自幼家貧，半工半讀，白手起家，企業做大以後，對社會公益也不遺餘力，雖然有些捐贈不無爭議，但整體評價應該是正面的，他在二〇〇八年七月自殺，享年才五十五歲，最後的結局如此，說來頗令人傷感。

一九九一年，麥可應邀赴白總裁的餐敘，應邀者大部分是大學教授，也都經常在平面媒體發表文章。白文正做足了功課，席間除了吹捧他於一九八八年成立的寶來集團，並發下宏願，要在十年內，成為臺灣前五大的金融集團之外，就是一一請教出席的老師，「你那篇文章的隱意到底是什麼？」他問得很細，也滿會引發討論的激盪。麥可對他的印象不錯，頭腦清楚、口才辨給、肯花錢請能幹的人，也有企業擴張的方向。

K先生，第一任金管會主委，留美、與麥可同一所大學的MBA，絕大部分資歷都是在外資銀行、證券商擔任要職。K先生還沒有當官前，因是同校同學，雖不同系所，也不同時間在校，但還是與麥可熟識。

K先生天生的稟賦不錯，聰明、高大、帥氣，偏偏愛自捧，遇事找藉口推諉的功夫一流。「靠！這幾洞打得簡直一塌糊塗，昨晚洗澡時，滑了一下，腰扭到了，本以為沒事，這下看到結果了。」其實，他明明打得很好，還是要透過言語讓同組的人知道，打高爾夫，他是高手。

「這事，我一定幫你細細思考，可你說的日子，我實在沒法子去啊。」這些是麥可常聽到自K先生嘴巴裡說出的話。

K先生不知道怎麼認識時任總統的陳水扁，後來被聘為台糖董事長，在董事長任內鬧出兩、三個弊案，官司纏身，卻仍高升金融業最高主管機關的主任委員，還是第一任呢。他的平步青雲也令同學們多有議論，社會上更有他花錢買官的傳聞。K主委在二〇一六年因心肌梗塞，急救不治，享壽六十歲，委實英年早逝。

美國的格拉斯－斯蒂格爾法案被廢止後，金融業可以相互兼營，臺灣也隨著風潮，於二〇〇一年准許金融控股公司成立，一開始，主管機關還是分管，證管會管證券期貨，財政部保險司管壽險、產險，金融局管銀行，直到二〇〇四年，才整合成金融監督管理委員會，簡稱金管會，會下設證期局、銀行局、保險局、檢查局，統籌管理金融產業所有的業務。第一任的金管會是合議制，共有九位委員，雖說是合議制，不是首長制，但每位委員都是政務官，比照部長級的待遇，各有管轄範圍與分工，權力大得很。各委員在委員會提出的討論案，因相互尊重，或者說是官官相護，鮮少有其他非管轄委員提出質疑。

麥可剛從美國回臺灣的時候，也在學術界混過六年，做研究、做專案時很忙碌，但那是麥可的傻與執著，事必躬親、親手動筆。在那個年代，絕大部分的研究員都在大學裡兼課，有學生、研究生自願為奴，研究計畫的完成，大多出自學生之手，老師掛名，貪名貪利。

麥可專任在國立大學任教時，每學期開六到九學分的課，教學的負擔與美國的一流大學看齊，但是研究水準卻天差地遠。每週需要去課堂教書六到九小時之外，其餘時間隨你支配，加上寒暑假，一年三百六十五天，真正的工作天數只約五、六十天而已。當然，這些空餘的天數，是要你準備教材、做學術研究的。

麥可個性熱情、喜好交朋友，當然認識不少學術界的菁英，所謂的「菁英」，就是常發表評論、針砭時勢、隨波逐流的學者，這群人都有同一個目標：當官！另一群菁英則篤信學問致富，空餘的時間，便汲汲營營地找企業當顧問，賺取外快。還有另一群，飽食終日、無所事事，教書只是應卯，庸碌一生。真正不問世事、廢寢忘食、潛心研究的，可謂鳳毛麟角，少之又少！

麥可當年也曾妄想能成一家之言、揚名立萬，但發覺自己不是那塊料；他也曾立志做官、造福百姓，但個性放蕩不羈，又痛恨官場虛偽的文化；此外，也因為個性活潑、家境富裕，不但不圖學問致富，反而常給企業界的朋友當免費顧問，常常飯局不斷、把酒言歡、酒池肉林。麥可心裡常想著，一直當個會叫的野獸也不是辦法，乾脆脫離學術界，免得壞了學術清譽。運氣好加上英文好，又曾下過苦工做研究、寫評論，才得到「這家公司」的青睞，踏上進入企業界的坦途。

麥可在聯合投信事件以後，名聲大噪，看在這些官員眼裡，特別不爽！尤其當時麥可還直接威脅官員說：「長官，如果一家接一檔，那就別算我了！我們退出，政府準備銀子吧，擠兌立刻發生。」官員的面子、權力都被這句話給毀了。

當時金管會第一任委員中，有位李姓委員，還沒當官的時候，是臺大管理學院的教授、美國名校的財務金融博士，教書多年，桃李滿天下，在學術圈頗有聲名。

於二〇〇四年獲聘為金管會九位委員之一。

聯合投信事件成了李委員對麥可心生芥蒂的引爆點，好不容易當上大官，主管機關的權力沒了，還混什麼！李教授其實早就聽說麥可從學術界跳到「這家公司」，多麼令人羨慕啊！不但領到高薪，從此一帆風順，女人又多，還出過幾次大風頭，他的眼睛都紅得腫起來了。

李委員有一位得意門生，臺大財經碩士，叫作廖克強，麥可在外資證券商時，廖克強過關斬將，獲聘為助理分析師。廖克強極有禮貌，懂得倫理，時不時提出頗有見地的總經分析，很受麥可的好評。廖克強也慧眼，一路跟著麥可，吃香喝辣、升官發財。麥可是他的恩人、恩師，廖克強也處處展示忠誠。但是，人心會變，並且變得很可怕。

「這個李委員，以前是我的老師，天天想做官、想撈錢，以前我是他的研究助理，他性格摳得很，開會的便當錢明明可以報帳，由研究計畫出錢，他還要助理們自掏腰包。」廖克強向麥可抱怨。

二〇〇四年六月，美國聯準會把聯邦資金利率調升一碼，開始一連串的升息循環。其實在二〇〇一年的九一一事件後，聯準會就開始降息，幾乎每季降息一碼，從六．五％一直降到二〇〇四年的一％，這是麥可早就預測到的事，也曾經大膽地標下台電的公司債，成功地把債券型基金做大。那段時間，傻子都知道，因為一直不停地降息，等於美國央行不停地印鈔票，股市、債市、不動產相繼狂飆，美國在錢淹腳目、一片樂觀與喜悅中，不應該得到信用的人，輕易得到信貸、房貸，加上金融衍生性商品的創新，把資產先證券化，再組合起來的各式各樣結構型商品銷售到全世界，預先鑄下二〇〇八年的金融海嘯，躲都躲不掉！

二〇〇三年第三季，美國經濟已明顯復甦，但聯準會遲遲等到二〇〇四年六月才開始升息，這趟升息循環也有一點急促。臺灣的金融從業者，尤其是操作債券的經理人，為了競爭與績效，甘願為一點點上漲的利息，競相買入外商銀行發行的結構型債券（Structured Notes）。

那時的結構債都是反浮動（Inverse Floater）的，基本公式是：債券利息等於六％減去三個月的Libor。Libor是London InterBank Offered Rate的縮寫，即美元在倫敦銀行間的拆款利率。

反浮動債券，用一般人聽得懂的話解釋：假如拆款利率上升，則債券利息下降。眾所周知，調升利息的意思是緊縮貨幣，在貨幣變少的情況下，你跟別人借錢（拆款），利息當然要被調高，所以債券的利息會降低。公式中的六％，也可以是七％、五％，或是四％，三個月也可以改成六個月或一個月，隨發行債券的銀行、券商，視需求供給情況而定。因為是一個固定數（利息）減去一個變數（Libor），所以這種債券叫作反浮動債券。反之，若是固定利息加上一個變數，就叫正浮動債券了。

「那個姓丁的，雖然成功接管聯合投信的三檔基金，看起來是拯救了債券市場，但是潛在的風暴還在，只要會計原則不改，反浮動債券還在，這兩、三兆的基金終究是一顆未爆彈。」金管會李委員在委員會議振振有詞地說。

「委員有什麼想法呢？您是債券方面的專家、臺大的教授，給大家一個方案吧。」委員會議主席K先生順著李委員的意思說。

「我自己正在著手分析，正式提案會在下個月的委員會議提出。」李委員說完，就拿起他桌上堆得高高的資料的最上面一本，開始閱讀，一副有做不完的功課，非得在委員會議中擺樣子，好像分秒必爭。

一個月後，「李委員，看來聯準會升息會讓這些反浮動的債券賺不到利息啊！」K主委做球，李委員殺球，「我擔心一旦這些反浮動結構債不付利息，債券型基金的淨值勢必下降，投資人不願虧損，必定引發大量贖回，聯合投信事件重演，若真如此，這未爆彈如果爆了，必定是大災難一場。」

李委員看著自己的提案，繼續說：「我主張勒令債券型基金，在某一限定時間內，全數賣出反浮動債券，若有虧損，由投信公司的股東吃下，畢竟這些年他們也都賺飽了。投資人不能虧損！」

「好極了！拆除引信、解除危機，又不讓投資人虧錢，天才啊！」K主委稱讚。

其他在座的官員，包括各局處首長，都是資深且懂市場的老官員，個個震驚，不敢相信這個象牙塔裡的學者竟不懂市場到如此匪夷所思的地步。基金正常投資，基金經理人沒有犯錯、沒有弊案，股東也沒有因為投資反浮動債券而獲取不正當利益，竟然要下行政命令，勒令基金賣出資產，還要股東承擔共同基金的虧損，不但於法不合，世界上也沒有這種事的！一個貪權的教授、一個花錢買官的主委，一搭一唱，令得在座的資深官員無不瞠目結舌，卻沒有一個人敢站起來駁斥這兩位荒謬至極的長官。

K先生在外資證券商時，曾受過寶來白文正的邀約，共同參與一件上市承銷案，他倆沆瀣一氣，說什麼現在市場不好，公司產品又不是主流，未來三年的獲利數字雖好，但要時間去證明，便無所不用其極地壓低承銷價格，又私下跟大股東要了一些認股權，數量應該不少。

K先生本以為這次可以海撈一筆，結果薑還是老的辣，白文正私下透露給K先生的亞洲區主管，說這是個賺大錢的案子，怎麼臺灣分公司的損益報告這麼差呢？K先生迫不得已，把自己私下A來的九成認股權讓與公司，扣掉一些必要的打點，自己幾乎啥都沒賺。K先生沒貪到，憤恨之餘，也結下了這個樑子。這件事雖說是市場傳聞，但從K主委全力配合李委員的舉措可以看出，K主委是要報私仇的！

接下來的日子裡，李委員緊鑼密鼓地邀集所有基金管理公司的董、總，宣揚他的救市、拆除引信的方法，所有與會的專家，包括麥可，都暈了。大家礙於他是主管機關的大委員，敢怒不敢言，只能等待主管機關的公文下來，就準備配合政策。誰知，引頸期盼的公文，從來沒收到過。

「李委員，證期局贊同您的方案，只是這行政命令不知如何寫才好？要引用哪條法律？」資深官員私下請教。

這位資深官員就是在電話中被麥可嗆的，他從基層做起，法令、法條瞭若指掌，清楚地知道，這紙公文不能寫，但為自保，不能直接說，只能引導長官，由長官拍板，他好推卸責任。

權力薰心，又與主委有默契的李委員說：「不准寫！不可以有任何文字留下。」

李委員的方案，是要勒令所有債券型基金在二〇〇六年年底前，把反浮動債券賣光，命令的下達與執行的監督，全由電話為之，面對面的開會，也沒有會議紀錄，就連李委員在委員會議提出方案的相關會議紀錄也悉數被刪除。這種一手遮天、違法亂紀的大膽做法，簡直駭人聽聞！

麥可與同業開會討論，想辦法讓主管機關收回沒有形諸文字的命令，洋洋灑灑寫了接近一萬字的分析報告，提及經濟趨勢、反浮動債券到期日的落點分析、反浮動債券的發行商債信評等，順理成章的結論就是，繼續持有這些反浮動債，一直到債券到期日，拿回一〇〇％的本金，即使美國迅速升息，頂多利息沒了，基金裡還有其他的孳息資產，所以，基金淨值不至於下降，大量贖回不會發生，只是淨值增長的速度變慢一點而已，但若主管機關堅持在某個期限內賣出，則必有虧損，贖回必將發生，反而增加風險。

對債券市場稍有點著墨的菜鳥都看得懂這份報告。更何況，當時的反浮動債券，到期日大多落在二〇〇七年年底，最後到期的，也不過是二〇〇八年六月，離李委員的二〇〇六年年底限期，最多只差一年半。在總體經濟成長向上的時候，持有至到期日，不但沒風險，更可慢慢調整基金體質，淨值更有機會上升，百利而無一害。這位李教授是教金融的，更是債券方面的專家，會看不懂嗎？不可能！所有業者都認為他是急於表現、貪圖權力、力求升官。

結果是，這份報告面交給李委員後就人間蒸發了，主管機關的其他長官們從來沒看過這份報告。

李委員一意孤行，繼續用電話壓迫業者出清反浮動債券。業者無奈，紛紛想辦法因應。聰明的把帳面上、評價上有賺錢的，搭配收息降低的反浮動，一起賣出，盈虧相抵，不至於讓投資人虧錢，因此，股東不需出錢彌補；若基金裡沒有底子厚、有獲利的債券，就假賣斷，把評價差的反浮動債券掛帳到友好的銀行、券商，基金帳面上則沒有虧損，實際的虧損留待以後再算，如此一來，股東也不需要賠錢。至於誠實的業者，只有慢慢賣出反浮動債，必然的虧損，由股東補上。真有股東這樣做嗎？有！礙於官威，認賠了事。

當然，也有個人股東不願意掏錢出來，解套的好方法，便是把基金公司的持股全數賣光。這些個人股東都赫赫有名，寶來的白文正，元大的M先生、D小姐，金鼎的C先生，他們把個人名下的基金公司股份，高價賣給自己是實質大股東的（同一集團）證券公司。這個動作，明顯是背信罪，雖是被逼的，但是極不明智，虧損不付，還要賣高價，真夠貪的了。

二〇〇六年二月，除夕的前一天，麥可與蔡董事長被證期局長官召喚，電話裡明顯流露對麥可處理反浮動債券的質疑，「怎麼可能沒有虧損？請攜帶交易流程與交易確認書，每檔債券型基金都要。」

在此之前，已經有三家基金公司的總經理、副總經理因處理反浮動債券，運用掛帳到友好的證券商、銀行，避開賣斷的虧損，而慘遭停職半年、一年的嚴厲處分。

麥可當然知道這些業界常用的做法，但是他將公司管理的債券型基金中，底子厚、帳面評價有賺的，與反浮動虧的一起打包賣出，結果還有盈利，完全不需要用掛帳的笨方法。

行前，麥可向蔡董簡報，以兩頁圖表清楚交代了交易流程，包括時間、基金名稱、債券名稱與編號、交易金額等，交易對手、交易確認書等，則用影印的附件整齊有序地裝訂成冊。

蔡董聽了簡報，除了佩服以外，只簡短地說：「我們還是要小心！這些官員很壞的。」

下午到了證期局，局裡已經沒什麼人了，因為明天就是除夕，春節連假九天，許多上班族、公務員為了避開塞車、擁擠，連假的前一天就先請休假，所以局裡空空蕩蕩的。走進會議室，四位長官已坐定一排，麥可與蔡董也在對面坐下。奇怪的是，局長、副局長、組長都不在，四位中，只有一位科長級的，其他人都是菜鳥辦事員。麥可心裡想：「太離譜了吧！全臺灣第一大投信的董事長、總經理來開會，證期局就給這種規格！」

麥可發給每位與會官員一冊資料，然後開始簡報。簡報的過程，麥可有時刻意暫停，詢問是否清楚、明白，但從頭到尾，沒有一位長官有問題，沒有一個人吭半句聲。簡報完，麥可再問：「有不清楚的地方嗎？我可以再詳細解說的。」

「很清楚，我們沒問題，謝謝你們來。」科長說完就起身送客。

蔡董與麥可出來，在門口相視一眼，無語，各自上車。

第二天，除夕上午，麥可忙裡忙外；下午，大包小包地，帶著媽媽、老婆、小孩趕去機場，搭機前往上海過年。

登機前，麥可接到蔡董的電話，「你看到晚報了嗎？」

「還沒，正要登機去上海。」麥可說。

「上飛機後，要份晚報看看，到上海後，立刻打電話給我。」

「好！啥事這麼急啊？」

「你看到晚報就知道了。」

登機、坐定，麥可沒說話，空姐就送上晚報，打開一看，頭版頭條，斗大的字幾乎占據了版面的一半，「××投信總經理遭停職三個月」。報導裡提到，麥可被處分的理由是「基金間交易」。意思是，用基金甲的賺錢債，去cover基金乙的反浮動虧損。這真的是啼笑皆非！試想，基金甲賣台積電，賺錢，一個月後，基金乙買聯電，後來跌了，虧錢，基金甲怎麼幫基金乙彌補虧損？再者，各個基金都有各自的專戶，哪有專戶之間沒有交易，卻可以相互匯款的？

「憑什麼！我沒犯錯啊！每筆交易清清楚楚！」

「昨天下午去報告，今天就發布新聞稿，沒有局長，沒有委員，這決定，早就做好了！」

「我一定要行政上訴！太不公平了。」

麥可心裡湧現各種不平，臉上憤憤，見狀，老婆也關心：「怎麼搞的？發生什麼事了。」

麥可心情很亂，只簡單說明一下，補上一句：「不會有事的，放心。」

到了上海，打開手機，正要回電給蔡董，手機卻響了，是廖克強打來的，他現在擔任另一家投信的副總經理，這工作也是麥可介紹的。

「老闆，新年快樂！」廖克強在電話裡祝賀。

「克強，有事快說，我還要回一通重要的電話。」麥可很快地回答。

「你被害了！你們本來沒事，但李委員看你不爽，給你的處分，是他親手批的。」

「OK！我知道了。回臺灣再找你。」麥可掛上電話，立刻致電蔡董，電話裡，蔡董也頗激動、憤怒，為麥可抱不平，並希望麥可以在連假結束前提早返臺，商量對策。

大年初三，麥可就隻身搭機返臺，先找了廖克強，要問問李委員的得意門生，到底發生了什麼事？

「過年前，我們研究所同期的請李老師吃飯，他很得意地說，他匡正債券基金，免去投資人的虧損，中間還提到老闆，說你們做得很好，沒什麼毛病可挑，但也撂下一句話，叫你別得意得太早。」廖克強跟麥可還原當晚的大致情況。

「你們的反浮動都掛帳在自己的證券公司，怎麼沒受處分？」麥可問。

「小弟早就跟李委員打點過了！」廖克強回答，「李委員說，K主委對他是言聽計從，有過節的、囂張的，必受處分，情節重大的當然也逃不掉，至於我們這樣掛帳的，本來也一定要被處分，但因為我是他的學生，他就放了我們一馬。」廖克強笑笑地說。

「我明天跟蔡董碰面，要商討翻案的對策，你覺得如何？」麥可問。

廖克強回答：「我看沒戲，老闆，我轉述一段李委員的話，是K主委跟他說的，K主委說，『那個姓丁的，瞧不起MBA，太驕傲，以前常在同業、同學聚會時當眾糗我，應該被教訓一下。』」

廖克強繼續說道：「老闆，我早就說過，你太直接，又忍受不了笨蛋，常常不經意地糗別人，別人可是都記在心裡啊！」

廖克強的神情，規勸的意思少，倒是充滿了羨慕。

麥可無奈地承認：「是該改一改了。」

第二天，大年初四，麥可跟蔡董約在辦公室碰面，方方面面都考慮了一遍，決定放棄行政訴訟，接受處分。蔡董提醒：「停職，還是可以上班的，以後的公文，用鉛筆簽字，再送到我這裡。」

麥可深覺感激，這句話的意思，應該是三個月以後，麥可一定可以復職。整個事件，集無恥、可惡之大成。權力薰心、違法亂紀、不落文字的混帳教授；唯命是從、掩護非法、不敢一言的無膽官員；花錢買官、一手遮天、公報私仇的主委，聯合起來，把中華民國的官譽、官威，徹底毀壞，著實令人氣憤到吐血。

那些把個人名下的股份，高價賣給同一集團的證券公司，而自己又是大股東的三位，被檢方以背信罪起訴。龐大的被告律師團一致認為，主管機關利用權力脅迫，背信罪名不成立。官司打了很久，被告所提出的證詞，包括那本建議應繼續持有，直到債券到期日的萬字分析報告，因被李委員銷毀，主管機關聲稱從來沒有看過相關內容，更可惡的是，李委員及他所帶領的官員們一概不承認有勒令限時賣出反浮動債券的事實，所有的違法亂紀，完全沒有文字紀錄。

這場官司的輸贏早已判定，白文正於二〇〇八年自殺，肯定與此事件有關。M先生、D小姐、C先生因為背信，都被判處七到八年的重刑。白文正因為已不在世，不予追究。

麥可停職處分屆滿前一週，蔡董約麥可見面談話。

「雖然你有膽識、能幹、很會幫公司賺錢，但礙於官字兩個口，我們還是決定不讓你復職。」蔡董接著說：「你還是金控的首席經濟學家，我們希望你繼續擴大你創建的趨勢論壇的影響力，另外，根據你的建議，我們要成立整個金控的商品委員會（Product Commitee），聘你當主席，把金控上架的商品做全面的盤點，新商品的審查、上架的程序等，都由你來主導。」

麥可驚訝地聽著，停了至少有一分鐘，這才平靜地說：「蔡董，你知道我沒做錯事，更沒做違法的事。不過，看來你不打算讓我在第一線帶兵打仗，這個安排，對我還算公平，我接受。」

想了想，麥可還是追問：「只是本來都好好的，復職在即，怎麼會有這麼大的變化呢？」

蔡董也停頓了三十秒，「主管機關有人不喜歡你。我們是特許行業，不能跟官鬥。」

麥可無奈地說：「懂了！」

後來，K主委、李委員任期屆滿，因任內爭議太大，不予續聘。K搞了一家一人公司，繼續運用關係找投資的案子。李返回臺大任教，過著沒權力、窮教授的日子。金管會也改組成為首長制，接下來的主委均有業界資歷，是精挑細選的一時之選。

麥可在蟄伏一年後，應聘到另外一家中大型證券公司當董事長，繼續帶兵打仗，屢創佳績！

第八章

人心會變

聰明的麥可，學業一帆風順，事業更是人生勝利組，大風大浪不但經歷，更是浪尖的領航者，看似精明、能幹、不易受騙，但，事實不然。

麥可還沒出生的時候，丁爸爸在野戰醫院當院長時有個傳令兵，名叫鄭達章，一直隨侍著丁爸爸，走遍大江南北。政府遷臺後，丁爸爸因過於操勞，身體每況愈下，決定提早退伍，鄭達章也跟著退伍。

「達章，你跟著我有七、八年了吧？我退下來，要自己開業，諸多煩事，你繼續跟著我吧。」丁醫師知道這些老兵沒有一技之長，退伍後，沒有國家養著，僅靠極少的退休金，生活會有問題的。

鄭達章說：「我想去跑船，到處看看，攢點錢，等院長診所穩定了，我再來吃您的糧餉。」就這樣，鄭達章滿口浙江國語，一句英文都不會，憑著肯吃苦，用勞力與時間換取工資。

當年的遠洋船員工資算是不錯的，比起在陸地上做苦力，待遇要好得多，只不過上船一趟就得兩、三年，也確實辛苦。像鄭達章一樣的老兵，孤家寡人一個，無所牽掛，跑一趟兩、三年，不是大問題，真正的辛苦，是在船上夜以繼日的勞動，與遠離陸地的寂寞。

跑了兩、三趟遠洋，加上一趟近洋，鄭達章存了一些錢，這點特別不容易。許多老兵船員，一著陸就揮霍無度，以補償離開陸地的缺憾。鄭達章提著兩只大行李箱，穿著一襲發亮的皮大衣，頭髮梳得油油地、整整齊齊地，走進丁醫師診所，不顧在大廳等待的病人，喊著：「院長、院長，達章回來了。」

丁醫師在診間聽到，回應說：「很好！先進去，跟夫人打招呼。」

當晚，全家到齊，丁媽媽做了好多菜，歡迎這位老家人。全家人都認識鄭達章，唯獨麥可沒見過。

「麥可，過來，叫鄭叔叔。」爸爸說：「鄭叔叔跟著爸爸、媽媽很多年了，像一家人一樣。」

「鄭叔叔好。」麥可小聲說。

麥可當時才小學二年級，還羞澀得很。大人們聊大人的，麥可就顧著吃自己喜歡的菜，沒搭理鄭達章。飯後，鄭叔叔把其中一個大行李箱打開，拿出一個精緻的白色長方形盒子，上面有浮凸的英文字。鄭叔叔扯開繫在盒子上的緞帶，雙手捧著，恭敬地說：「這是夫人的禮物。」

媽媽笑一笑說：「客氣什麼呢！」

打開一看，麥可驚呼：「哇！好漂亮喔！」是一條銀白色，均勻帶點黑色的毛圍巾，駝馬毛做的，柔軟暖和，是鄭叔叔從南美洲買回來的。

媽媽高興地說：「人回來就好，幹嘛還破費。」

院長的禮物裝在一個大大、高高的正方形盒子裡，鄭叔叔一樣雙手捧上。爸爸打開，直呼：「漂亮漂亮！達章，臺灣用不到啊！」原來是一頂皮帽子，戴在頭上，高高的那種，像齊瓦哥醫生在電影裡所戴，沒有耳罩的帽子。特別的是，鄭叔叔在丹麥買的這頂帽子是狼皮做的，銀白色，也均勻地帶一點點黑色。爸媽冬天出門的話，帽子搭著圍巾，就是時髦的情人裝扮。

接著，大哥、二姊、小哥都有禮物，大家都高興得很，唯獨麥可，鄭達章跑船的時候，麥可還沒出生呢，他嘟囔著嘴大聲說：「我的禮物呢？」

鄭叔叔在飯桌上就想著，怎麼多出一個寶貝兒子，要給他什麼禮物呢？只有五份啊。聽到麥可的喊叫，鄭叔叔不慌不忙地打開另一個大皮箱，拿出一個深咖啡色的木頭盒子，足足有兩張Ａ４紙那麼大，也有約十公分的厚度。鄭叔叔往黃色的金屬按了一下，盒蓋打開，裡面一格一格的，放滿了錢幣，有些還有絨布小套子套著，有些還有壓克力鑲著，估略有百來個錢幣。「這盒送你！」鄭叔叔說。麥可在他打開盒蓋子的時候，手摸著錢幣，已經張著嘴大聲叫著：「哇！這個棒！這個更棒！」

丁醫師心裡清楚，達章沒替麥可準備禮物，立刻說：「麥可，這個禮物你不能收！達章，把這個收起來。」

鄭叔叔回應道：「這不會值很多錢，只是這些年，我到過很多國家，蒐集起來的。」

麥可雖然年紀小，但也知道，這盒錢幣不應該是送人的禮物，而是鄭叔叔這些年的心血，正要推辭。

丁爸爸說話了：「達章，這盒錢幣你收好，等麥可長大了，你再慢慢告訴他每枚錢幣的來歷。」大家一致贊同，又聊了一會兒。

鄭叔叔站起來說：「我做事去了。」提起行李箱，放到後院的小房間，皮衣、皮鞋、手錶一脫，就奔出來將碗盤收拾好，擦過桌子後，著手清洗送進廚房的碗盤。

第二天一早，準備好早餐，鄭叔叔就大嗓門地叫小孩子們起床。眾人用過早餐後便各自上學去。鄭叔叔收拾完畢，跟丁醫師說：「院長，我出去辦個事，中午就回來。」

「好，你去，下午我有事找你。」丁爸爸說完，便到前頭看診，一直看到下午一點多，肚子餓得很。辦完事回到家的達章又說：「院長，我煮了你多年沒吃的麵疙瘩。」丁醫師用完午餐，直呼過癮、好吃。

「來診間一下！」鄭叔叔跟著丁爸爸進入診間，「達章，你要跟著我們一起生活，我必須幫你驗血、驗尿，確定你沒有帶著傳染病。」

鄭叔叔從襯衫口袋裡掏出一張紅色的紙，說：「我剛才去了宏恩醫院，已經驗好了。後天就有結果。」丁爸爸很滿意地點點頭。

這年是一九六三年，之後，鄭叔叔在丁家一待就是四十年，丁家生活上的所有事務均由他一手打點。剛開始的一、兩年，丁媽媽還偶爾教他做道地的雲南菜，也帶鄭叔叔去菜市場買菜，後來，菜、水果買得比媽媽好，還更便宜，北方麵食、江浙大菜、雲川系列的辣菜，鄭叔叔都青出於藍。四十年來，他跟丁爸爸開過兩次口，金額都不太大，一是在鷺鷥潭買橘園給他的結拜大哥鄭道經營，二是兩岸開放探親後，給在浙江的晚輩蓋了棟四層樓的房子。他每個月的工資，悉數存起來，說是以後自己養老用。除了在大陸蓋房子的錢完全是丁爸爸給的以外，買橘園的錢，因為政府要蓋翡翠水庫而徵收橘園，所有徵收款，一毛不差地還給丁爸爸，雖然不足丁爸爸當年購買的成本，但，鄭達章的誠實、誠心，丁家了然於心。

丁爸爸人生的最後幾年，因為老人癡呆症，加上中風，需要人細心照料，雖然丁氏三兄弟也有輪流照顧，但復健、洗澡、把屎把尿等大部分工作都是鄭叔叔做的。一九九九年，丁爸爸去世，享壽七十九歲。那時鄭叔叔也七十歲了，長年住在地下室，雖然通風不錯，但濕氣還是稍重。三兄弟合力在住家旁邊一棟由市民住宅改建的電梯大樓裡買了房子，要讓鄭叔叔入住、好好過日子，可是他堅持不要，語氣略帶感傷地說：「我實在太感激院長收留我，現在院長走了，我在丁家也快四十年了，是我該走的時候了。三位少爺都是做大事的人，平日工作太忙了，我年紀大了，接下來病痛很多，不能讓你們照顧，更不能麻煩你們。」兩年後，三兄弟專程飛去浙江虞姚，勘查之餘，並與鄭叔叔的晚輩認識、溝通，這才放心地把鄭叔叔送上飛機，讓他在老家安享晚年。

鄭叔叔沒把他的那盒錢幣帶走，端端正正地放在他的桌子上，盒子上面用透明膠帶緊緊地黏著一張紙，上頭寫著「給麥可」三個字。

在麥可的印象裡，老一輩的人都像爸、媽、鄭叔叔一樣，是不會變的，做什麼就是什麼，守本分、不逾矩、不貪權力、不貪位置、不貪財。麥可長大以後，當然開始知道人心的險惡，人心不古，每況愈下。高中賭錢的教訓，沒齒難忘，家境富裕的麥可要啥有啥，就該知足、守本分，起了貪念，一定萬劫不復。麥可當然也不是聖人，憑本事賺錢、跳槽拿高薪，該自己的，盡力爭取，不該自己的，分文不拿，有為有守。麥可不知道的是，好人是可以變壞的，人性本善或本惡並無定論，但人性本貪卻是千古不變的道理。麥可後來才知道，人心是會變的。

麥可在大學教書的時候，有一次應邀去演講，是一個不大的團體，總會員人數不過二十餘人，每位會員所從事的事業，不得重複，有點像扶輪社，大家異業交流，冀望在公司管理、事業經營上，交換經驗、截長補短。這些中、小企業主很喜歡麥可，常常邀請麥可為他們開三十分鐘的小課，針對時勢的分析及因應對策，或是經濟學理論在生活上的應用、遇到的經營問題，就教麥可。麥可儼然成了解決疑難雜症的全方位顧問。類似這樣的課程，都是應該收費的，但是麥可好面子，這些企業主又對麥可很尊敬，他不好意思先提出收費的事，好像自己斤斤計較。而他們在得到麥可傾囊相授的同時，卻絕口不提講師費、顧問費，藉著大家是朋友，不談金錢，好像高尚一點。

就這樣，麥可與這幫子人開始熟識，常常廝混在一起，麥可跟媽媽桑發生的不軌之事，就是跟他們在一起喝酒後發生的。麥可後來跟丁太太坦白一事，也是他們在叨唸麥可「只能做，不能說」、「抓姦在床，也絕不承認」等等。麥可為了老婆，過了整整三年猶如禁足般的日子，自然與這幫子人變淡了。

在「這家公司」上班的時候，麥可因工作需要，常常出差到北京、上海。一天，在麥可下榻的旅館，有人叫：「麥可！麥可！」轉過頭一看，「嗨！Thomas，好久不見啊，你怎麼在北京啊？」兩人握了手，互道別來無恙，相約當天晚上一起吃晚餐。

Thomas是那幫中、小企業主的其中一人，比麥可年輕個三歲左右，也是比較穩重、文化水準、腦袋開發程度比較高的一個。他原本在臺灣經營電腦周邊產品的通路，一年多前結束了臺灣的小生意，舉家搬到北京，受僱於微軟，擔任行銷業務總監，應該是一個很稱職的專業經理人。麥可不喜歡跟笨蛋相處，對菁英很容易產生好感，接下來的時日裡，只要到北京出差，就一定與Thomas碰面，有時還多留個一、兩天，認識些很不一樣的人。

Thomas善於鑽營，也關注投資的機會，一九九四、九五年的時候，中國正在興起，機會多如牛毛，只恨自己的錢不夠，臺商的一句話，最能代表當時的中國，「所有的東西，都便宜至死！」麥可怎會不知！

有一次，麥可參加Thomas約的下午茶，總共四人，麥可、Thomas、陳凱歌、陳凱歌的副導袁先生。是的，陳凱歌大導演！那時的陳導演早已成名，人們以為身為媒體焦點的名導演，必定有身段、有裡子，其實不然，當時的中國，跟好萊塢沒得比，名導演要找錢、找靈感、找好劇本，還要交際、養一些必要的人員，常常入不敷出。陳大導演會願意見Thomas與麥可，說穿了，就是要找錢資助、投資他。

當天下午與陳導演的談話中，他明確指出，中國電影、電視劇，或是整個演藝界，最難、最缺的，就是沒有talent（人才），要找talent更難。麥可將這件事謹記於心，並在兩週後向Thomas提出一個「星探網」（talent pool）的構想。簡單來說，就是利用剛剛興起的網路革命，有特殊才藝的，可能是美女、模特兒、特別醜的、特別怪的、雜耍、特技，只要是自認特殊的，就歡迎提供照片、短片，若沒照片、短片，「星探網」會找特約攝影師幫你拍。編輯過後，由「星探網」發上網，並按照發文上網的長度計價，每年向每個talent酌收人民幣一百元起跳的費用。為了增加變成明星的機會、擴大「星探網」的吸引力，麥可更列出電影、電視、廣告商、雜誌、百貨公司的試鏡，讓在網上的talent感覺機會良多，願意付費。Thomas在微軟的專長就是管理、動員大規模的業務（都是找在地的、兼職的），他在全中國，包括三線城市在內的產品發布會辦得有聲有色，而陳大導演的名聲，也對於網上talent的出路、機會的接洽與提供，有著莫大的幫助。試想，每個talent收一百元（絕大部分的人都出得起），中國人這麼多，找個十萬人，可說輕而易舉，如此換算，每年就是一億人民幣的收入，等名聲建立起來後，找個一百萬人，年收入十億人民幣，也不是什麼難事。後續若真有捧紅的藝人，藝人經紀的收入也是一筆大錢。

這個想法立刻獲得陳凱歌與Thomas的拍手叫好，可是，如何開始呢？

麥可建議：「陳導當董事長，Thomas從微軟跳出來當總經理，所有開辦費、營運資金就包在我身上。」麥可繼續興奮地說：「我喜歡殺雞用牛刀！資本一定要夠，正規作戰，才會持久、成功。」

倘若當時的Thomas有遠見，人心不變、不貪的話，麥可極有可能成為演藝界的大亨，根本不會進入外資券商，也沒有後來的美、日央行的聯合干預，更沒有拯救債市的機會了。

大約是碰見陳凱歌之前半年左右，麥可跟Thomas說，中國的股市，有機可乘，不是個股，因為麥可沒有深入研究，但是，過時的封閉式基金，在A股上市的，市價淨值比只有〇．六到〇．六五，每股約六毛出頭而已，而A股正在勢頭上，是可以投資的，更何況，封閉式基金折價愈深，愈容易套利，或是套利投資者，強迫基金下市，變成開放式基金，這是趨勢所在。麥可憑著專業，看見極佳的投資機會。

當時，臺胞憑臺胞證，只能存款、買房，不可以開A股的證券戶，但Thomas說他有辦法，他的佣人，大陸叫阿姨，用阿姨的人頭戶便可以操作。麥可做足功課，從四十多檔封閉式基金中選定三檔，匯了十萬美金到Thomas的帳戶，兌換成人民幣，並且指定平均買進。麥可狗運好，或是剛好有外資進場套利，或是中國內資有所覺悟，幾個月後，這三檔基金從每股六毛多漲到三塊多、四塊多，這是六、七倍啊！

什麼意思？意思是，十萬美金變成六、七十萬美金。麥可從香港打電話給Thomas，說：「明天全賣！」

Thomas問：「什麼？」

「那三檔基金啊！」

Thomas回答：「我不懂！」

麥可急著說：「我不是匯了十萬美金嗎？用你阿姨的A股戶頭，平均買進，現在已接近高點，市價淨值比已經超過兩倍多了，可以賣了。」

Thomas說：「你有匯錢給我嗎？」

麥可暈了！

十萬美金，不過是三百萬臺幣，七十萬美金換算下來就不一樣了。人心變了！變到難以想像。

就在Thomas不認帳的前兩天，麥可在臺北已經募到六千萬新臺幣，為「星探網」備好牛刀，準備殺雞，只是麥可沒有即時宣布好消息，準備下週到北京時，邀陳導、Thomas一起慶祝，並商量「星探網」公司成立的細節。誰知熟識、深受麥可信任的Thomas會因為六、七倍的報酬，兩千多萬臺幣，否認一切！那個時候還沒有社交網路，沒有WeChat、沒有Line，麥可發了e-mail，附件是匯款單，證明他真的有匯款，Thomas卻置之不理、毫無回應，麥可絕望了，眼巴巴看著封閉式基金大漲六、七倍，一毛也沒賺到，十萬美金也打了水漂。

Thomas變了，把麥可的錢A走了，這個人不能用，「星探網」也沒人經營。麥可花了好大的力氣，解釋並退回朋友們挹注「星探網」的投資款。沒有信得過的人主事，「星探網」胎死腹中。

一個月後，Thomas看準麥可不會對他採取什麼報復行動，便假裝什麼都沒發生過，打電話給麥可：「近來好！怎麼都沒聯絡？我真的認為『星探網』應該繼續，很有搞頭啊！」

「幹！有這麼不要臉的人嗎？」麥可心裡想，嘴上說：「恁娘ㄟ！錢還來再說！」

Thomas掛了電話，從此銷聲匿跡。後來，麥可輾轉從那個小團體的成員口中聽到，Thomas在中國搞房地產，發達過，但後來也被騙了，天天跑法院，是被告，也是原告，搞得焦頭爛額。

人性本貪，人心會變，這次經驗沒讓麥可傷到筋骨，實在是麥可的運氣，但，麥可卻沒學到教訓……

二〇〇一年，丁氏三兄弟為了鄭叔叔返鄉安老一事，飛了趟上海，他們僱了車子前往浙江虞姚，事情辦完，又繞到上海。臺胞友人帶著三兄弟在上海看房子，那時的上海就是一整片的大工地，到處都在蓋房子，欣欣向榮。很多臺商、臺胞都競相走告，北、上、廣、深買房，穩賺不賠，原因簡單，中國改革開放之路，不會回頭，中國人均所得向上是必然的，而北、上、廣、深將來必定是國際級的大都市，房價不可能只有臺北市的五分之一。丁氏三兄弟也頗為心動，但因各有要務在身，也就匆匆返回臺灣，沒有立刻做買房的決定。

一直到二〇〇五年，壹週刊刊出之前，麥可帶著陶品侑去上海出差，抓緊空閒時間，快速地掃了一遍能買且買得起的房子，幾個小時內，跟買蘋果一樣，成交了。麥可知道上海房價的漲勢早已確立，雖然與二〇〇一年的價格相比，已漲了幾乎一倍，但還是得追，否則機會就沒了。麥可買了一間位於浦東陸家嘴，三十三樓的房子，那棟大廈總共有五十六層樓高，很是氣派。這一間有一百六十多平方米，約當臺灣的四十八坪左右，每平方米的售價接近四萬人民幣。

麥可之所以有信心追價買進，除了認為房價還要再漲以外，就是因為「無風險套利」（free arbitrage）。當時的臺灣，利息已經降到很低的水準，用臺北的房子抵押貸款，利息不過是一．九%左右，而在上海買房的房貸利息卻超過五%，從臺灣借錢出來，買還會漲價的上海房子，風險極低。當時很多人都依循此法，賺了不少錢。

二〇〇六年，麥可停職三個月後，復出總管整個金控的研究單位，奉命在上海成立證券、投信的辦事處。那個時候，大陸尚未准許外資（包括臺資）成立證券商，也不對外開放基金管理公司，只准許以辦事處的名義，蒐集資料、做做研究，不得執行業務，說穿了，就是只准你花錢，不許有所得。即便如此，外資、臺資還是前仆後繼地進入中國，掛號排隊，冀望一旦開放，能取得門票，開展業務。

麥可想到廖克強，以他的資歷，派去上海主持研究、情資，綽綽有餘。麥可離開外資券商後，就帶著廖克強去基金管理公司，隨後又引薦他去另一家投信做投資長，因他跟李教授的師生情誼，公司躲掉了結構債的處分，但後來因為股權變動，廖克強被拔掉投資長一職，只擔任一檔小基金的經理人，廖克強憤憤不平，經常找麥可吐苦水。

麥可想：「派一個子弟兵到上海發展，也為自己占個橋頭堡，應該不會錯的。」於是，麥可親手擬定辦事處的工作計畫、人員編制、薪資水準與級距、績效考核、三年預算規畫等規章制度，送到金控審批，不到兩天，就批准了。

廖克強出發前往上海前，跟麥可開口，要借三十萬元，說是要安頓他老婆、孩子、父兄。

麥可不解，「你工作了這麼多年，薪水也不差，怎麼連三十萬都沒有？」

廖克強一把眼淚一把鼻涕地說：「我家在南投務農，從小就貧窮，有八個兄弟姊妹，只有我念到研究所碩士，其他的手足都只有國中、小畢業，需要我的資助，我現在還在租房子住，大部分的錢都花到南投去了，存不到錢啊！」

麥可訝異表示，「你以前為什麼不早說，我看你過得挺光鮮亮麗的嘛！」

「我撐著呢！要面子。」廖克強回答。

「胡鬧！面子不重要，撐扶家庭是本分、是責任，沒什麼丟臉的。」麥可教導著。眼一瞥，打量了廖克強一眼，「看你的西裝、鞋子、用品等，都是高檔貨啊！」

「就只有這一套而已啦！」廖克強不好意思地說。

隔天，麥可就將三十萬匯進廖克強的帳戶。三個月後，廖克強也依約定將錢匯還。

在廖克強的悉心指導下，上海辦事處出了幾篇很有分量的報告，麥可也每半年去上海巡視一番，看看廖克強，也看看在當地聘僱的員工，一切井然有序，麥可頗感用人得當，除此之外，也常常關心廖克強的家人與經濟狀況，從廖克強的口中得知，他們一切安好，麥可更深深覺得，幫了廖克強，也幫了他們一大家子，是好事一樁。

二〇〇八年，麥可跳槽去一家證券商當董事長，廖克強繼續留在上海。九月，金融海嘯發生，雷曼兄弟公司破產，全世界一片驚慌失措，股市哀鴻遍野，各國央行為挽救衰退的經濟，競相降息、大印鈔票，中國也趁勢大量投資基礎建設，並於二〇一〇年超越日本，一躍成為世界第二大經濟體。中國的房地產價格持續上漲，麥可在陸家嘴的房子也漲了一大段，自二〇〇五年買房之後，就委託仲介租屋，租金收入尚可，但總有麻煩事，修這個、添那個，退租、起租，來來去去的傳真，改東改西的。此外，麥可買的這棟樓是當時浦東最高的住宅大樓，至今屋齡也快二十年了，誰知牢不牢固？麥可對大陸當年的施工品質，還是有一定程度的懷疑，更何況房價已漲了五、六十%，心想，賣了吧！短期內自己也不會去住，落袋為安。

而在動念賣房之前，廖克強就跟麥可簡報過，上海A股極有潛力，關於這事，麥可怎能不知！但是持有臺胞證是被禁止開A股證券戶的，要用人頭戶才行。麥可才因為Thomas來個不認帳，被坑了一堆錢，於是要求自己想都別想，因為這叫看得到，賺不到！

任何被禁止的事，若是有利可圖，人們就會想方設法，突破禁制，貪圖利潤。

那時，廖克強已在上海混了三年多了，他將臺資證券商的辦事處代表認識個遍，還跟每個人都熟得很，怎麼可能沒法子呢？

這些臺商辦事處的首席代表們常常聚在一起，麥可出差到上海時，也偶爾參加他們的聚會。這幫人的聚會，除了八卦一下、交換情報以外，最重要的就是討論股市與投資的機會。每個人都是證券界的老鳥，都認識麥可，每個人都羨慕廖克強的運氣好，跟著一位好老闆，廖克強也不諱言，常說：「這些年跟著麥可，真是最正確的決定！他是我的恩人。」

「是啊！你要報答他啊！」一位比廖克強資深的首代說。這位首代姓翁，號稱「萬年首代」，被派到上海將近十年了，是這幫人裡面的大哥。

翁首代之所以屹立不搖，原因無他，只要有投資的機會，就幫他在臺北的老闆建立部位，然後伺機出售，為老闆賺了不少錢。

「克強，你要學學我，幫你老闆賺錢，位置才做得久。」

「雖然你老闆已經離開，但他換了個更大的位置，為報答恩人，更為以後著想，要想辦法幫他賺錢啊！」

翁首代屢屢傳授妙方。

「是的！麥可最近打算賣房子，會有一筆錢進帳，我是有心要幫他想想辦法，但是他前幾年被朋友坑過，對於人頭戶，他是不會再相信了。」廖克強說。

「傻瓜！成立投資諮詢公司啊！」翁首代激動地說，「這是用自己的名字，合法在上海申辦成立，有臺胞證的都可以申辦，門檻是十五萬美金。太容易了！」

翁首代繼續說：「這樣的公司，可以合法開A股證券戶，更可以買賣未上市的股票，我祕書非常熟悉申辦、成立投資諮詢公司的流程，對成立後的報稅等雜事更是拿手。你又不是不知道，在我手上成立的諮詢公司不下二十家，每家都賺得盆滿缽溢，運作得好好的。」

廖克強頻頻拍手叫好，「把申辦流程給我，雜支、稅務等細節都要清楚詳列，我去跟麥可報告，看他是否有興趣？」

二〇〇九年，麥可詢問上海的仲介，若要賣的話，陸家嘴的房子，現在每平方米是多少錢？仲介一致回答六萬人民幣左右。麥可心想：「嗯，五十％！賣了吧。」相對於其他的臺胞朋友，這個表現算很差的了。二〇〇二年時，有兩位朋友合資買了一戶位於上海一級地點淮海路的別墅，當年的總價加上一些必要的費用，共花了一百四十萬美金。沒錯！是美金。二〇〇七年，房子出售的總價六百六十萬美金，接近五倍。也有朋友在上海青埔買了別墅，五年內就賺了三倍。一向不貪的麥可已經很滿意五十％的漲幅了，況且，他當初本來就沒有要買別墅，漲幅遜人一籌也是很正常的。於是，委託仲介賣房，兩個星期內，就有好幾組人出了價，麥可最後決定賣給一對上海的年輕夫婦，頂客族，夫妻都在外資科技公司上班，還沒小孩，他們看中麥可的房子，不大不小、景觀好。

麥可飛去上海，辦了房產交易的手續，看著工商銀行的存摺，淨入帳九百餘萬人民幣，高興之餘，邀了廖克強、他的兩位助理分析員、翁首代，還有麥可在上海的三位好友，在「鮮強舫」訂了包廂，大快朵頤一番。席間，廖克強主動建議，用麥可自己的名字，不用人頭帳戶，成立投資諮詢公司，用賣房的錢，投資A股及未上市的新創股。

「老闆，我幫你操盤，穩穩地賺！」廖克強兩杯酒下肚，很有信心地說。

「麥可老大，我在上海混了這麼多年，您要投資A股，現在最好、最可靠的方法，就是自己成立投資諮詢公司，臺灣搞股票代操的，最大的幾家，毛氏兄弟、藍花陳、巨通投顧等，都是利用投資諮詢公司幫客戶賺錢，而且他們都還成立了不只一家，而是好幾家。」翁首代也附和。

「這個事情，我有想過，下回再說吧。」麥可淡淡地回應。

「想什麼啊！就去幹了。」劉騷嚷嚷著：「你這房才賺了五十%，太少了！叫你手下從股市中多撈一點！」劉騷是麥可的國中死黨，高中時，麥可賭輸錢，他還幫忙麥可賣過財神爺呢。劉騷也在上海混了很多年，在一家跨國販售科技設備的公司上班，就是他在上海青埔買別墅，賺了三倍。

眾人你一言我一語的，全在鼓吹麥可go for it！當晚麥可沒做決定，只是要大家吃好、喝好。其實麥可在房款入帳後，就已經在想諮詢公司的事了，他覺得，廖克強太可憐，為了在南投的父母手足的生計，沒法過上好日子，還要常常打腫臉充胖子，實在不是個辦法。廖克強是麥可一手訓練出來的，當過研究員、分析師，重視股票基本面，又擔任過基金經理人、投資長，對總經趨勢的判斷，也絕對不會差，乾脆留下一筆錢，讓他操盤，給他很好的分潤，早日讓他家人有個不錯的生活，廖克強也可以有餘裕，存點錢，在臺北買個安家立業的小房子。

返回臺灣後，麥可跟老婆講了這事，JJ當然贊成。上次Thomas的事情，JJ只知道麥可為此很痛、很恨，但是她並不確定麥可是否真的有得到教訓，因而沒有直接說出人心會變，貪婪只是遲早的事。這一次，JJ聽麥可說用的是自己的戶頭，不是什麼不認識的人頭帳戶，加上廖克強又是自己提拔的人，多少年了，忠心不二，應該可以信任。丁太太非常不喜歡Thomas那幫狐群狗黨，只會帶老公去飲酒作樂、風花雪月；至於對廖克強，她沒什麼想法，只覺得幫助一個需要幫助的人，是件好事，希望真能賺到錢，也讓廖克強有額外獲利。雖然如此，JJ心裡還是有些許不踏實，雖然知道麥可要去做的事情，她擋不住，但還是柔聲建議：「賣房子的錢，一半匯回臺灣，一半留在大陸，成立公司，合法投資。」

就這樣，麥可聽了老婆的話，備齊當初買房的匯款證明、申請文件、賣房的完稅證明等等，再次飛到上海把人民幣五百萬換成美金，匯回臺灣，剩下的四百多萬則留在中國。

麥可把廖克強找來下榻的飯店，鄭重地告訴他：「我決定了，要獨資成立諮詢公司，你開始著手辦理吧。我回臺灣後，就會匯二十萬美金到保管銀行，作為驗資證明。一旦公司順利成立，這二十萬美金的資本金不可以動用，我會另外匯四百萬人民幣到新公司帳戶，作為投資A股的本金，」麥可繼續說：「操作A股的損益，賺的，分你四十%，賠的，算我的。」當時獲利分潤的市場行情是十到二十%，麥可等於給了一個極優渥的條件。

廖克強聽了，站起來，掉下幾滴眼淚，給麥可深深一鞠躬。三週後，諮詢公司獲准成立，麥可又飛去上海，跟著翁首代與廖克強辦了證券戶與交割銀行的開戶，整個過程由翁首代指導，雖然繁複、瑣碎，但因為翁首代熟門熟路的，一切順利而圓滿。

翁首代說：「麥可老大，請務必記住交割銀行的密碼，任何人要從你的諮詢公司領錢，沒有這密碼是不可能的。克強買進賣出，股款交割都從這銀行帳戶自動結算，但是，沒有密碼，帳戶的錢是領不出來的。」

「好！接下來就看克強的功力了。」麥可拍拍克強的肩膀，笑著說。

接下來的三個月，麥可每個月的月底都會收到廖克強的e-mail，詳細列載買進賣出的明細、股款交割的進出、淨值等，帳目清楚得很。由於A股處在盤整格局，麥可的淨值也在四百萬人民幣上下震盪，沒明顯的賺，也沒明顯的賠。時間慢慢流逝，轉眼又過了半年，麥可還是忙碌，他任職董事長的證券公司，透過併購，規模愈來愈大，績效甚佳，這當然是花時間、花精神的成果。

一晚，麥可自夢中驚醒，夢到在大陸工商銀行裡的錢不翼而飛，驚嚇之餘想到，諮詢公司的錢是存在招商銀行，並不是工商銀行，不過，想起以前的擠兌夢境竟然成真，決定隔天還是要關切一下。

「克強，好久沒聯繫了，都好嗎？」麥可打電話給廖克強。

「都好，謝謝！您的淨值還是有一點虧，約二十萬人民幣左右。A股比想像的難做啊。」廖克強開門見山地報告，他知道這通電話是打來詢問操作狀況的。

「沒關係的！只是你要用點力，要不然，你得不到分潤，我也過意不去啊。」

麥可依然很高興地說。

「我現在比較專注在未上市的股票，有幾個標的，正在談價錢，如果談得好，一旦上市，利潤會翻三、五倍。」廖克強非常勤懇、實在地回答。

「好！努力點，為你和你的家人。」短短的通話，麥可放心了，錢哪有什麼不翼而飛的，招商銀行的密碼只有我知道啊！

兩週後，麥可接到廖克強的e-mail，內容如下：

「老闆：對不起！克強不才，諮詢公司的四百萬人民幣，加上資本金二十萬美金，總共約新臺幣兩千六百萬，已全數虧光。克強也已辭去上海辦事處的首代職位。我沒臉見您！您為我做的一切，克強除了感激，還是感激。我閉門思過去了，同時，想辦法用力賺錢，以後必定加倍奉還。

克強敬上」

麥可閱信完畢，氣得全身發抖，在心裡大聲吶喊著：「怎麼可能？怎麼可能！」一轉念，天真的想法浮現，「兩週前，不是才虧二十萬嗎？這一定是克強跟我開玩笑！」不多時，又心下惴惴地想著：「我的夢境，不會又成真了吧？」

不再多想，麥可立刻上網查看招商銀行的帳戶資料，很久沒查看了，搞了半天，總是密碼錯誤。麥可知道事情不妙了，拿起電話找翁首代。電話裡，翁首代表示，他也有一陣子沒見到廖克強了，諮詢公司的負責人是麥可的名字沒錯，上海的代表人則是廖克強，理論上，沒有負責人的簽名、用印，代表人也不可能變更密碼的。只是翁首代不知道，廖克強跟隨麥可多年，對麥可的簽名再熟悉不過。末了，翁首代更遺憾地表示，他處理過這麼多諮詢公司的案件，從來沒發生過這樣的事。翁首代掛了電話，殺去開戶的招商銀行，因熟悉行員，告知帳戶名稱，得知帳戶裡的餘額只剩下人民幣五百一十六元。

翁首代回電麥可，報告了殘酷的現實。

「克強可能是偽造了您的簽名，暫時把錢挪去投資未上市的股票，將來可能一本萬利，您的錢，他會還的。」翁首代安慰著麥可。

人都辭職、跑路了，麥可心中知道，翁首代的寬慰是不可能實現的。

人類之可怕、人心之恐怖，真的令人難以置信！這是麥可有生以來最大的痛，盡心盡力、兢兢業業、辛辛苦苦賺來的錢就這樣消失了。兩千六百萬，對任何人而言都是一筆大錢，怎能不痛！更讓麥可痛徹心扉的是，騙他的人，不是別人，卻是自己一手提拔、教導、照顧的廖克強。

收到郵件後，麥可休了兩天假，不將情緒帶入工作。這兩天，麥可靜靜地待在家裡，時不時大喊一聲，時不時站在陽台吞雲吐霧，「找個討債的去要錢！」「找個黑道把他的腿打斷！」「算了！說不定廖克強以後會良心發現。」各式各樣的想法浮現在腦海。丁太太知道麥可的痛、懊悔、憤怒，也靜靜地做著自己的事。第四天，上班了，麥可把這事告訴了司機、祕書，這兩位都是跟著麥可超過十年的部屬，兩人反應一致，咸認為「一點跡象都沒有」、「難以置信」、「十足小人」。

當晚，麥可訂了Tutto Bello，臺北市最好的義大利餐廳，帶著老婆、兒子、女兒，大快朵頤一番，與其大筆鈔票打水漂，不如帶家人享受一下。麥可舉起紅酒杯，敬丁太太：「謝謝妳！幫我省了五百萬人民幣。」

麥可派任務給司機、祕書，要不露痕跡地調查廖克強的南投家人、臺北的太太和小孩，冀望能尋出一點蛛絲馬跡，索回已被騙走的錢。這當然是緣木求魚。

後來，司機回報，廖家是在南投務農，有祖傳的山坡農地約兩甲多，大哥帶著弟妹們，知足地活得好好的，不富有，但談不上貧窮，更從來沒有接受過廖克強的資助。

祕書也告知調查結果，廖太太和小孩過著一般的生活，房子是租來的。不知道為什麼，廖克強經常跟屬下借錢，十萬、二十萬、三十萬的都有，有的還清了，有的還欠著。這樣的一個人，自己吃香喝辣、愛慕虛榮、死要面子，連恩人都敢騙，貪婪之心，令人髮指。

一年後，麥可在一個金融同業的飯局上，聽到朋友說，在香港最高級的購物中心IFC Mall遇見廖克強，廖克強正在Zegna男裝店試義大利裁縫師現場訂作的手工西服。同業問廖克強，「靠！這要多少錢啊！你發了！」

廖克強不好意思地說：「九萬多港幣。就只有這一套啦！」

麥可聽了，沒作聲。在座的沒人知道廖克強是怎麼對待他的恩人的。麥可真心希望：「廖克強的老婆、孩子以及廖家的父兄們能好好過日子，更希望不要再有人被騙了。」

第九章

回歸恬淡

按照科學家說的，人類居住的地球已經存在幾億年了，智人（Homo sapiens）才出現不過二到五萬年左右，因為人類的迅速演進，地球上的植物、動物、山川、海洋也跟著迅速變化。兩千多年前，從中國道家的「逍遙」與「齊物」，主張「順其自然」，「天地與我並生，萬物與我為一」，基本上是「敬天」的，人類要與地球共存、互好。同時間的西方聖哲卻有不同的倡議，蘇格拉底、柏拉圖、亞里斯多德，重視「知識即美德」，辯證、論理、論據、愛真理，奠定後來西方哲學與科學的基礎，雖然加速對地球的戕害，但是，兩千多年前的地球，根本上，完好如初。儘管東、西方一千多年來都各自征戰不斷，地球偶有被破壞，但，破壞都是局部的、表面的。局部的意思是，人類為帝王、為宗教而砍砍殺殺，愚笨有餘，但若從微觀來看，史籍皆有記載，人類雖有貪婪、墮落，卻僅局限於帝王之家、宗教權貴，人類不至於被全面腐蝕。絕大多數的人類都是守本分、不逾矩、講信用、重義氣的，何來貪婪之心！

一七六〇年工業革命之後，地球開始受到人類的摧殘，速度之快，難以挽回。第二次工業革命（一八七〇—一九一四）發生以後，技術進步神速，生產效率提升，不可否認地，人類的生活品質也被快速提高，但是，慾望從此再也得不到滿足。個人、家庭、群體、企業、國家，皆以工業革命之後的達爾文的「物競天擇，適者生存」為藉口，行欺騙、墮落、貪婪、破壞之實。地球自出生以來，經過多少次的天災，都挺過了，屹立於銀河系。而由人類主導的地球，就這短短的三百年，已面目全非。

廖克強造成的痛依然存在，比起匯給Thomas的十萬美金，即使被他賴掉了，也只是三百萬新臺幣而已，股價上漲的錢當然也飛了，但因廖克強而失去的兩千六百萬是自己辛苦賺來的白花花的銀子，就這樣沒了，著實非常痛啊！錢沒了，再賺就有，這次的教訓，讓麥可對人、對人的心、對人性本貪，有了新的認識，這個認識的本身就是一種痛，這種痛時時刻刻跟著麥可，讓他不能輕易相信別人，就更是另一種痛啊。

麥可依然在金控旗下的證券子公司擔任董事長，績效卓越以外，對人、對物、對事，依舊保有坦誠、珍惜、正直的態度，員工也非常尊敬這位極有專業的董事長。雖然有開不完的會議、應不完的酬，麥可還是時常抽空巡視分公司，有事先安排的，也有無預警的，一方面為員工加油打氣，一方面讓員工知道，總公司的董事長不是那麼「天高皇帝遠」的。

那時候，總共有三十九家分公司，總員工數一千五百多人，遍布在全臺灣各大城市，連偏遠的臺東也有一家。麥可有時一天跑三、五家分公司，晚上就吩咐地區督導，請大夥兒吃晚餐，席開七、八桌是常有的事。每次麥可都會在晚宴開始前先到會場，跟陸陸續續來的員工聊上幾句，等大家都坐定後，自己才就坐，然後就是講話五分鐘，基本上是談全球經濟趨勢、世界各主要市場的變化，談話內容都是根據自己寫的報紙專欄及研究心得，進一步做分析與解釋。對這些第一線的營業員，麥可總是希望他們能多學習、更專業，不要只是道聽途說、人云亦云。

這種場合，每桌都會留一個空位，讓麥可可以逐桌坐著跟大家閒聊、喝酒，委實用心良苦。不過，在麥可心裡，清清楚楚地知道，這幫子人，九成九都是勢力之人，表面上「董事長好！」「董事長帥！」「董事長講得好！」「董事長真有學問！」，私底下還是「長官是過客，自己的工作、荷包比較重要」。即便麥可心知肚明，還是用心對待每一位員工。

有一次，同樣是與員工聚餐，其中有一位入行三十餘年的資深女營業員，她的女兒也是營業員。這位資深的大姊業績表現不錯，但是經常犯規，例如，客戶下單時，明明不是約定人，她也不過問，照樣執行，有時候，更直接引導客戶，按照她的意思，假裝正確的錄音。這位大姊與客戶的糾紛不斷，但仗著資深，又跋扈囂張，分公司經理人也頭痛萬分。按照麥可以前的管理方法，這種行為是不可能被容忍的。

餐會上，不知是什麼原因，這位大姊突然暈倒，全身抽搐、口吐白沫，在一旁的眾人不知所措，麥可衝過去，用力掐著她的臉頰，使她的嘴巴張開，還好嘴裡沒有食物，接著麥可左手拉著她的右肩膀，讓她側臥，兩、三分鐘後，這位大姊慢慢甦醒過來。麥可原本用右手用力地掐著她的臉頰，幾秒鐘後，感覺她沒什麼抽搐，也就慢慢鬆開了。

大姊醒來後，雙手摸著臉頰，叫著：「我這裡好痛！」

眾人皆說：「董事長救了妳一命啊！」

大姊叫嚷著：「是嗎？我又沒怎樣，他掐我的臉，是要怎樣？」

眾人又說：「妳突然暈倒，口吐白沫，大家都嚇死了，妳忘了？」

麥可說：「這是癲癇症發作，她不記得的。你們跟她講講話，現在不可以吃東西，她待會兒就正常了。」

大姊已漸漸清醒，又叫：「誰知道他是不是性騷擾啊！像我這樣天生麗質的，碰過太多次了。」

但天曉得，這位大姊年約六十，比麥可還大好多歲，矮矮胖胖，其貌不揚。麥可在眾人的笑聲中，臉一沉，心想：「真他媽的。」揮揮手，逕自去洗手間，把手洗乾淨。再入席的時候，看見大姊那一桌的人，只有大姊是坐下的，其餘眾人皆站著，好像沒有繼續用餐。

麥可只依稀聽見，大姊輕泣著說：「董事長對我有不禮貌的動作，嗚嗚，嗚嗚。」

「妳暈倒了，口吐白沫，是董事長掐著妳的臉頰，不讓妳被噎到，救了妳的命。聽聽妳現在在說什麼？」旁邊的女同事小聲地說。

「誰對妳不禮貌了？憑妳！別裝瘋賣傻了！貪心鬼，妳在想什麼，大家都知道。」另一桌的男同事大聲指責。

麥可知道此女不可理喻，這不是裝瘋賣傻，這是睜著眼說瞎話！可怕極了，還好有這麼多的同事證人在旁邊，還好有人當眾揭穿，否則，跳到黃河都洗不清啊！

餐會結束後的第二天，麥可想著昨晚大姊清醒後的眼神、話語，確認這位大姊不是個好人，叫祕書撥電話給該分公司的經理人，電話中，還好心推薦了一位癲癇症的專家，然後，直接命令經理人在一個月內，找恰當的理由，把她資遣了。

像大姊這樣會在眾人面前睜眼說瞎話的人，絕對不是少數，最可怕的是，如果沒有人出來揭發，如果沒有人出來反對，人們就會事不關己、冷漠對待，久而久之，就會變成群體緘默，真相被徹底蒙蔽，是非不分。

有癲癇症的大姊碰到麥可，事情容易，真相易明。但令人毛骨悚然、恐怖至極的是，試想，若在眾人面前睜著眼說瞎話的人，是個清醒、有智慧、有謀略，而又有權勢的人，他說的瞎話又似是而非，即使瞎話的成分很高、很明顯，會有人挺身出來揭發、會有人挺身出來反對嗎？

麥可以前不是沒碰到過這類的事，「這家公司」的Peter，航空公司的權威，他存心要貪，睜著眼說瞎話，可以把小型航空公司的公允價值弄到三百九十三元，除了麥可，沒有人挺身出來反對啊！李委員，財務金融專家，擺明了要貪權、貪位置，在眾資深官員、業內專家面前，說似是而非的瞎話，並且命令不能有文字紀錄，會有官員、專家挺身出來質疑嗎？

麥可因金控人事的改組，又高升到金控的總經理，綜攬所有金控的事物。這是一個監督、管理各子、孫公司的職位，首要任務是擴大並開展金控的版圖。擴大開展，說穿了，就是併購，這年頭，沒有人有耐心等待有機成長，除非你的公司有革命性的產品，或採取極為創新的商業模式，否則，追求成長的唯一路徑，就是併購。尤其是金融業，每項業務、商品、商業模式，都行之有年，加上金融業是特許行業，每項業務都要經過金管會的審核，新種業務更是有執照控管，要擴大市場占有率，唯併購一途。

麥可在證券子公司做董事長的時候，也擔任金控母公司的法人董事，曾積極參與一家外資壽險公司的收購。當時的利率處在低檔已經很久了，壽險的投資收益當然很差，利差損更大，所以價格便宜。麥可帶領團隊完成實地查核，法律顧問也出具法律意見書，財務顧問也分析了公允價值的範圍，所有程序都已臻備，麥可力薦大股東們積極出價，董事會上，也振臂疾呼、條陳利弊，冀望大股東們玉成此事。

這次的收購案，所有程序都進行得極為順利，但是不知為何，在最後決定出標價格及訂定股東臨時會日期的董事會上，有一派股東，一反平日完全贊同的態度，處處刁難，說什麼壽險公司是本金控的新業務，沒有人懂得經營，風險極大；又說財務顧問的評價報告根本不夠專業、法律顧問的報告漏掉一個重要的訴訟等等。所有的發言看似合理，但說穿了，其實就是雞蛋裡面挑骨頭，嘴上胡說，心中已有定見。

麥可如丈二金剛，這派股東怎麼變臉跟翻書一樣，讓人完全摸不著頭緒，但也盡力辯駁。會議的氣氛已經僵持不下，董事長不得不動用表決，以停止無謂的爭辯。最後在一片吵雜聲中，以十比三通過此案。

可怕的還在後面，股東臨時會上，反對派的監察人（那時候還沒有獨立董事的制度）站上桌子，大聲嘶吼，反對到底；反對派的董事咬著程序問題發言，抓著麥克風不放；金控的工作人員、股臨會的保全人員皆疲於奔命，擋了這位，漏了那位，盡力維持會場秩序的同時，當然也有不少肢體衝突，會場亂到完全失控，股東表決在混亂中繼續進行，結果當然是贏了。但是這一場鬧劇震驚了金管會，最後的結果還是駁回。

倘若當年收購成功，麥可工作的這家金控市值必定大幅成長，在金控族群裡將是一個不可小覷的參與者。後來真相大白，收購失敗的原因，不是出價太低、不是外資不賣、不是程序不周，只是因為兩派大股東對收購後的人事安排談不攏，因而大鬧股東臨時會，導致金管會的駁回。事後觀之，荒謬至極！當年的出價是三十一億臺幣，約一億美元；兩年後，該外資壽險以六十億元，約兩億美元，風光退出臺灣市場。麥可再度領教，睜著眼說瞎話的背後，暗藏著一己之私利。貪錢、貪位置，壞了正當的大事。

二次世界大戰後，整個歐洲、英國，還有戰敗國德國、日本，都努力從廢墟中復興起來，中國則繼續國共內戰，只有美國，未受到戰火的蹂躪，突飛猛進。一九六〇年代，全世界製造出來的產品，美國製造的占了六成五，那時美國製造的電器、機械產品、汽車、農產品、食品、電影、歌曲、舞蹈、小說等種種一切都所向披靡，擋都擋不住。最最厲害的是，自由市場與資本主義，這兩種信仰深深滲透到世界各地，甚至到每個人的內心深處。

美其名叫作消費者主義，或是消費者至上，其實是商業掛帥、利益至上。一切從貪出發，行銷的手法，可以把黑的說成白的，可以讓小孩眷戀糖果、餅乾、飲料，上癮而不自知；生產技術的進步，可以把化學分子破壞，再合成出成本低、產量大的變種食物；基因改造更不在話下，鳳梨沒有鳳梨味，西瓜沒了香氣，只剩莫名的水分；麵粉不再有濃郁的麵香，只有引人過敏、生病的不良反應。行銷人睜著眼說瞎話，生產者睜著眼說瞎話，技術進步的果實造福人群，卻帶來更多問題；企業家們、政客們睜著眼說瞎話，利用民粹結黨分派，只為實現心中的貪婪，絲毫不憂慮會被拆穿；冷眼旁觀的媒體，自詡是第四權的真相、正義之聲，卻早已自我閹割，為了貪圖利益，真的假的，刻意混淆，為了要抓住大家的眼睛、耳朵、心靈，更要語不驚人死不休。連最可愛的寵物們也都被基因變造一下，寵物愈來愈像人，身體的大小、毛捲的程度、行為與眼神的演進，都在算計中。拜自由市場與資本主義之賜，全世界每個角落，沒有一片淨土。地球在人類的主導下，短短三百年，變得面目全非。地球開始生氣了，山川海洋、季風潮汐、風雨溫度，都變得極端。

麥可意識到，世界真的變了，人類也變了，變得醜陋不堪，一向以坦誠、正義為傲的麥可，漸漸感覺到孤獨，感覺到沒有人能被相信的痛苦。

自從外資壽險公司的收購失敗後，大股東與麥可又努力進行過兩、三次的收購，都徒勞無功，即便如此，麥可與團隊依然睜大眼睛，尋找合併、收購的對象。

「這次的收購，我有強烈的預感，會成功的！」大股東T先生說。

「是的！這家銀行的大股東，美國知名的私募股權基金，想賣想很久了，價格的確有鬆動，收購總價也應該是我們付得起的價格。我們初步估算，舉債、特別股、增資並行，財務結構應可過關。」麥可附和。

「可惜了，麥可從頭到尾都必須迴避，少了你的火力，董事會要全票一致通過，著實有點困難。」大股東T先生惋惜地說。

無巧不成書！這家銀行，麥可熟悉得很，董事長就是麥可的小哥。從小引領著麥可、幫助麥可走出賭債困境、對麥可最好的小哥。

他們兄弟倆在金融業各自奮鬥、發展，且都位居高位，一個專長於商業銀行，一個專長於股、債投資的投資銀行，丁氏兄弟在臺灣的金融業頗富盛名。不知是天意，還是無法解釋的因緣際會，麥可的金控成為小哥的銀行的收購者。親兄弟是二等親，銀行法、金控法都有明確的規範，若涉及交易往來，理應遵法，按照利害關係人的規定，依規辦理。

以往的收購案，麥可都一馬當先，帶領內部團隊與外部的法律顧問、財務顧問溝通協調、探明究理，務必尋找出標的物的最合理收購價格，更會設計出最合適的收購模式，以降低金控的財務負擔。這次，因為自己是利害關係人，對於收購該銀行的所有相關資訊、討論，麥可從頭到尾全程迴避。弟弟迴避了，被收購銀行的代表自然是該銀行的董事長，麥可的小哥。兩兄弟都是專業經理人，關於這個大案子，不但不通電話，連兄弟碰面時，都避而不談任何與此併購相關的事情。

T大股東與麥可的上司，魏董事長，聯手主導這次約四百億的收購案，不管是董事會會前的準備，或是會議中的攻防，都有為有守、中規中矩。無奈另一派民營大股東，就是上次收購外資壽險公司的反對派，自始就持反對意見，公股代表也是一樣，堅定地反對，談及每個併購相關的議案時，這兩派都炮火猛烈，完全沒有讓步的意思。為避免議而不決、會議時間冗長無效率，表決似是唯一辦法。

金控董事會總共十三席董事，T姓大股東掌握七席，其中兩席是獨立董事；反對的民營大股東有三席，其中一席是獨立董事；公股也是三席，其中一席是獨董。只要是跟併購相關的議案，都是七比六通過，因為有獨董反對，所以每次董事會後，都要發布重大訊息。重訊是公開訊息，麥可當然看得到，重訊的內容也必須載明反對的理由，麥可細閱反對的理由，實在不太高明，似是而非，基本上就是圍繞在兩個議題，一是，收購完成後，美國的私募股權基金（被收購銀行的大股東）將會成為金控的第一大股東，有反收購的嫌疑。這個理由令人啼笑皆非，可說是完全不熟悉私募股權基金的運作。私募股權基金低價買入特定企業，找專業人士經營，通常五年內就打包賣出，獲利了結。臺灣也曾有多家銀行被私募股權基金擁有，在賣出獲利了結後，從來沒有再回頭參與經營的。這家私募股權基金把切結書都寫好了，拿到金控的股票後，一年內出售完畢。何來反收購之事？

第二個理由是，收購價格太高。這是公說公有理，婆說婆有理的問題。收購價格是該銀行淨值的〇・九倍，跟以往在臺灣的案例相比，沒有高，也沒有低，符合平均的收購價格。因臺灣的銀行太多，有過度競爭的現象，所以在臺灣買銀行，要比在國外買銀行便宜得多。國外平均收購的價格約在銀行淨值的一・三到一・五倍。何來收購價格太高之有？

麥可左思右想，這些反對的董事個個炮火猛烈，明明是一個極佳的擴大開展機會，卻圍繞著無關痛癢的議題，無限放大、處處阻撓，這反對的背後，肯定有檯面上說不出口的理由。

「T先生，每次都是七比六，即使案子通過，但是很不漂亮！」麥可說，「這樣的表決結果，在臺灣過往買銀行的案例中，都不曾發生過啊！」

「不管，反正我是多數！他們睜著眼說瞎話，也不能奈我何！」大股東T先生說。

「我覺得你要找出睜著眼說瞎話的原因，從根本著手，要跟反對派的董事懇談，能挽回一票是一票。要知道，金融業是特許行業，即使股東會通過，金管會才是最後一關啊！」麥可頗為憂心。

「有啊！我有約他們，他們啥都不說，毫無誠意！」T先生生氣、無奈地說。

麥可本想自告奮勇，私底下擔此重任，畢竟麥可的金融經驗比起做食品第二代的T先生要豐富得多，但是大股東無意，麥可也無語。

這年是二〇二一年，麥可當金控的總經理已經十年多了，對所有法人董事、獨立董事都相當熟悉，據麥可的推算，這次的併購案，要付出約四百億元，按照不同的版本，現金增資的金額約在一百五十億到一百八十億左右。增資本身就是一個艱難的任務，除了原股東要按比例掏錢出來認股之外，若認購不足，則必須尋求外援（洽特定人）。麥可掐指算算，反對派的民營股東現有股份是七%左右，按比例認購增資股，就得至少拿出十億多元，否則股權就會被稀釋。公股占九．八%左右，按比例，就要十五億元。他們有錢認股嗎？不認，就要面臨董事的席次減少，喪失控制力。而T姓大股東有錢得很，更有外援，只要有人不認，友好外援立即認股，進入董事會，這家金控的主導權必定落入T家。麥可是專業經理人，大股東的變異於他沒差，好好幹活即可，但是反對的民股、公股對這家金控將從此毫無置喙的餘地。麥可深知，這是他們反對併購案的主因、檯面上說不出來的考量。

時間一天一天地過去，審計委員會、董事會一個接著一個地開，完全如預期的一樣，議案都是七比六通過，發布重大訊息幾乎是家常便飯了，鮮有上市公司有這麼頻繁的重訊。

二〇二一年十月十四日，併購案的雙方同時召開董事會，主旨是通過合併案，並決定十二月二日為股東臨時會。對方的董事會十五分鐘就搞定了，全票通過。金控的董事會卻又搞了三個多小時，爭執不休，最後還是七比六表決通過。

真的是好事多磨啊！局勢看來是「關關難過，關關過」，等十二月二日的股東臨時會上表決通過，就大功告成了。

然事與願違！

反對的民營大股東造勢般地召開記者招待會，向媒體宣布，要向法院提出董事會決議無效之告訴，理由是，本案為利害關係人之交易，董事會之決議，僅以簡單多數為通過，於法不符，董事會決議無效！董事會決議無效，即合併案無效，預定十二月二日的股東臨時會，開會時間也是無效。

麥可躺著也中槍！他們說的利害關係人，就是麥可與麥可的小哥，一個是併購方的總經理，一個是被併購方的董事長，兩人是親兄弟。

「這不是笑死人了嗎？你已全程迴避，早就沒有這個問題了！」T先生說。

「金控法第四十五條第二項第六款根本不是規範董、監、經理人的，而是規範交易主體的。」魏董事長拿出律師的解釋函，一邊說著，「這起告訴，我們不要理會，等法院有下文時，我們的股臨會已經開完了。」

「事情沒有兩位想的這麼簡單！」麥可冷靜、理智地指出，「這案子，從開始成案到現在都一年多了，在反覆討論的過程中，因為我全程迴避，所有董事，沒有人提過我與我老哥丁董事長是利害關係人。而在這一年多來，丁董事長與魏董事長不知道去金管會做過多少次進度報告，官方也沒有任何一次有任何的質疑。我一直認為，他們與公股的背後，一定有不可告人之祕密，選在這個節骨眼提出這個有爭議的告訴，我覺得我們一定要謹慎以對！」

麥可的意思是，再誠心找反對派背後的主子，民股加官股，坐下來開誠布公地談，否則此案會被弄黃掉，花了大量的錢、時間，這麼大的工程，若因沒能喬好利益、立場而功虧一簣，就真的是太浪費了。

十二年前的外資壽險公司的收購，就是人事沒談好，大賺錢的一樁案子，就這樣沒了。若不知公股的立場究竟為何，也沒真正地去溝通，只仗著掌握股權的多數，一意孤行，是有風險的。

報章媒體報導得沸沸揚揚，不僅是這個案子的金額大、丁氏兄弟的話題、併購過程的曲折、T姓大股東往昔的爭議等等，都是語不驚人死不休的媒體的最愛。

在一場婚宴上，麥可巧遇一位曾經在高雄市政府做官的朋友，對方主動上前，「我告訴你一個祕密，你們的案子是不可能成功的。這個案子，連金管會都拍不了板！」一向低調的陳姓高官如是告知麥可。

「是喔？你怎麼這麼肯定？」麥可問。

「上頭的人不喜歡T先生的中國背景！」陳高官直接了當地說。「我不要再跟你講了，我要去敬酒了。」

說完，陳高官手持酒杯，離麥可而去。麥可看見陳高官走到民股反對派的代表旁邊敬酒，還相互湊在耳邊嘟囔了一陣子。

婚宴快要結束時，麥可又抓著陳高官，再探虛實，「是怎樣啦！再跟我說說嘛！」

「不說了！到時候你就知道了。」陳高官匆匆離去。

二〇二一年十一月三十日上午，就在併購雙方要同時開股東臨時會的前兩天，魏董事長接到金管會的電話，要求魏董事長於當天下午四時前去金管會開會。魏董事長帶隊，浩浩蕩蕩的七、八個人，除參與本案的內部人員，外部的法律顧問、財務顧問均隨行與會。

會議準時下午四點開始，一開始，兩邊都保持著風度、專業，金管會提出事先準備好的問題，一一詢問，魏董事長及隨行人員也都提供資料，澄清疑慮。真正的攻防是在利害關係人的部分。據同事會後向麥可的電話報告，利害關係人的議題吵了三個小時，外部法律顧問據理力爭，詳細陳述金控法第四十五條的立法原由，與第二項第六款前後互相呼應的條款，這項條文規範的主體是交易法人，不是交易行為的自然人。

雙方僵持不下之際，金管會與會的一位高官拍桌生氣地說：「金控法第四十五條第二項第六款的解釋權在主管機關，這點你們搞不清楚嗎？廢話少說！反正雙丁就是利害關係人，之前的董事會決議無效，除非有其中一人不在其位。」

這時已經是晚上八點半了。四個半小時的會議，冗長而無效率。官員最後的一句話，擺明是因理虧而生氣，為了要擋下併購案，睜著眼說瞎話，就像在你頭上倒了一桶冷水，把你打醒！

麥可當晚被電話告知後，第一個想到的，就是陳姓高官的那句話：「上頭的人不喜歡T先生的中國背景。」第二個想到的，就是麥可自己提出的：「一年多來，併購雙方為了這個案子，去金管會做過N次進度報告，官員們從來沒提過雙丁是利害關係人。」怎麼在最後兩天，金管會的官員、民股反對派卻都不約而同地咬定同一件事。麥可心中雪亮了，「這個案子，想都別想！」

麥可終於清楚，這是政治，不是他能解決的，但是，要解套利害關係人的問題，還有一線希望，那就是麥可辭去所有金控的職務，辦理退休，按照官員說的瞎話，雙丁走一人，還有機會。

當晚，麥可只花了五分鐘就想通一切。職場生涯走到現在，擔任位高權重的金控總經理也快十一年了，本來已有規畫，做滿十二年就退休，現在退，只不過提早一年而已。何不趁著這次的機會，為顧全大局，光榮退休。

想定了以後，開始動筆，畫了一條橫軸，是一條時間序列，自一九八八年在研究機構開始，再畫了一條直線，是縱軸，標示著每個工作的年薪。其實，縱軸的單位不重要（麥可當然知道自己有多少財富），只是職業病，每張圖表，總是要有橫軸、縱軸、單位、曲線、曲線上面的點而已。重要的是，麥可在每個階段、每個點上面寫的文字，僅寫下大事紀而已，寫著寫著，文思泉湧，一張紙一下子就寫滿了，於是再寫一張，結果是一張接著一張，停不下來。

看著自己寫下的回憶，想想人類，想想全世界的貪、不知足，自己的同事、朋友、周邊所有的人，能夠不汲汲營營的，少之又少。或許是麥可自出生、成長都不虞匱乏，念書、就業都一帆風順，更憑著自己的能力、專業，攢了不少銀子，可是其他人就沒這麼幸運了，不繼續打拚、不繼續追富，實在是不夠啊。問題是，什麼是夠？什麼是知足？麥可的經歷裡，大老闆、高階專業經理人，沒有一個是知足的，錢、權多到爆，早就夠了，卻依然整天為著更多的錢、權而煩惱、不安，他們可能不是很貪，不是讓貪慾橫流，對這些富裕的人而言，不貪，應該會比較快樂。

麥可想著：「自己吃香喝辣多少年了，夠了嗎？該知足了嗎？」

麥可打從心底覺得棄世的時候到了，恬靜、平淡的日子，才是正當。

二〇二一年十二月一日上午，魏董事長邀了T姓大股東與麥可，一同商量昨晚金管會的發言及指示。

「我昨晚已被告知了，也想過了，我離開，這是目前唯一的解套方法。」麥可冷靜地說，「並且，我要在明早九點股臨會之前，辭去所有金控的職務，辦理退休。這樣，至少股臨會是沒有利害關係人的爭議。」

「這樣喔，麥可犧牲太大了！」魏董事長說。

「沒事的！顧全大局吧！我本來就有退休的規畫，提早一點而已。」麥可笑著說。

就這樣，第二天，十二月二日的一大早，所有媒體爭相報導麥可的請辭，字裡行間都對麥可的顧全大局表示稱讚與嘉許，也有一些報導為麥可抱不平。當天，麥可的手機也被訊息灌爆了，電話更是接不完。其中有一通來電讓麥可頗為訝異。

「我們提出告訴，沒有針對你，更絕對沒想到會有這種結果。真是委屈你了。」民股反對派的代表說。

「哈哈！沒事的！」麥可說，「提醒一下，凡事不要只想到自己，大局為重！」麥可直接說到對方心裡。對方無語，掛上電話。

民股反對派在當天下午再度召開記者會，重申股東臨時會表決通過，並不代表之前的董事會決議是有效的，堅決再度提告。

一週後，金管會無視於一家公司的最高權力機關，股東大會的表決結果，仍然發文提出四大疑慮，待疑慮澄清後，再議准駁。麥可是明眼人，仔細看完金管會的函文之後，心下了然，四大疑慮是幌子，駁回才是真的。

拿起電話，找小哥聊聊。電話裡，麥可將陳姓高官說的話轉述給小哥聽，小哥說：「你真的傻了，既然你事先知道結果，為何要退？白白犧牲了。」

「小哥，千萬別這樣想！你老弟是看破了這一切。睜著眼說瞎話的背後，暗藏著多少貪念，是該回歸恬淡的時候了。」

〔全文完〕

後記

感謝城邦集團執行長何飛鵬先生、責編楊如玉、行銷周丹蘋、業務賴正祐等，花了好多力氣，教導我這位新手，並使本書順利出版。

我在寫完這本小說的時候，二〇二二年五月中旬，剛巧是新冠肺炎疫情最嚴峻的時候，每天的確診人數呈幾何級數上升。自二〇二〇年初成立的防疫指揮中心，每天除了報告數字之外，從不提抗疫的方向、策略，中央政府下達的指示、規定常令地方政府、企業、家庭、個人無所依循。疫情開始，到現在，兩年多了，怎一個亂字足以形容。社會人心惶惶，不知所措。

我本來不想寫後記的，但這兩年多來的防疫，政府說的、做的，百姓們想的、經歷的，跟我的書太有關係了。可能是我太敏感，或是因為我聽過無數次的睜著眼說瞎話，所以經驗豐富，稍微花點力氣、研究一下背景，就立馬知道哪些官員在睜著眼說瞎話，也立馬知道說瞎話背後的原因，無非就是貪權、貪利、貪位置。臺灣的貪腐太過頻繁，已經毫無羞恥了，這兩年來的防疫更是令人氣得吐血，國難當頭，還要趁機亂貪，主導、協隨之人，將萬劫不復。

不需要學過經濟學，眾所周知，只要政令不透明，在管制、統籌、禁止的政令下，特權必定橫行，百姓在百般無奈之下，相互比拚資源，沒資源的，乖乖受累；有資源的，拉關係、攀交情，見縫就鑽，勞心勞力。

從口罩、疫苗、快篩劑、減輕症狀的特效藥，因為管制、統籌、禁止，完全是不透明的黑箱作業，即使在野黨提案要求公布、要求緝查，也被執政黨的多數席次一一擋下。在中央政府的主導下，有特權的，輕鬆擁有，多到可以謀利、做公關；沒資源的百姓冒死排隊，還要掏錢。這些物資都是最直接的防疫物資，政府編的防疫預算不買這些，買什麼呢？不能即時買到，還不准百姓自求多福，不准到海外直接購買，怕破壞了價格，侵蝕了利潤。多麼可怕的貪婪！

走筆至此，妄想自己能成為法力無邊的大神，小手指輕輕一動，便能拯救無助的人民，消滅無能、無恥的貪官，瞬間回到無私、無貪的清朗，但，思緒又立刻回到現實，貪念橫流的世界，依然如日升日落，不會稍歇；每個人心中的無力感，亦如大江大河，繼續緘默。臺灣如此，世界也是一樣。可是，我仍然引頸期盼，有一股力量，能挽回人類的浩劫。

二〇二二年五月二十二日

國家圖書館出版品預行編目資料

今貝世界 / 丁予嘉 著. -- 初版. -- 臺北市：商周出版，
城邦文化事業股份有限公司出版；英屬蓋曼群島商
家庭傳媒股份有限公司城邦分公司發行；民111.09
面： 公分.

ISBN 978-626-318-368-1（平裝）

863.57 111010854

今貝世界

作　　　者 / 丁予嘉
企 畫 選 書 / 楊如玉
責 任 編 輯 / 楊如玉

版　　　權 / 吳亭儀
行 銷 業 務 / 周丹蘋、賴正祐
總　編　輯 / 楊如玉
總　經　理 / 彭之琬
事業群總經理 / 黃淑貞
發　行　人 / 何飛鵬
法 律 顧 問 / 元禾法律事務所　王子文律師
出　　　版 / 商周出版
城邦文化事業股份有限公司
臺北市中山區民生東路二段141號9樓
電話：(02) 2500-7008 傳真：(02) 2500-7759
E-mail：bwp.service@cite.com.tw
發　　　行 / 英屬蓋曼群島商家庭傳媒股份有限公司城邦分公司
臺北市中山區民生東路二段141號4樓
書虫客服服務專線：(02) 2500-7718．(02) 2500-7719
24小時傳真服務：(02) 2500-1990．(02) 2500-1991
服務時間：週一至週五09:30-12:00．13:30-17:00
郵撥帳號：19863813　戶名：書虫股份有限公司
E-mail：service@readingclub.com.tw
歡迎光臨城邦讀書花園 網址：www.cite.com.tw
香 港 發 行 所 / 城邦（香港）出版集團有限公司
香港灣仔駱克道193號東超商業中心1樓
電話：(852) 2508-6231　傳真：(852) 2578-9337
E-mail：hkcite@biznetvigator.com
馬 新 發 行 所 / 城邦（馬新）出版集團 Cité (M) Sdn. Bhd.
41, Jalan Radin Anum, Bandar Baru Sri Petaling,
57000 Kuala Lumpur, Malaysia
電話：(603) 9057-8822　傳真：(603) 9057-6622
E-mail：cite@cite.com.my

封 面 設 計 / 周家瑤
排　　　版 / 新鑫電腦排版工作室
印　　　刷 / 高典印刷有限公司
經　銷　商 / 聯合發行股份有限公司
電話：(02) 2917-8022　傳真：(02) 2911-0053
地址：新北市231新店區寶橋路235巷6弄6號2樓

■2022年（民111）9月初版
■2023年（民112）3月10日初版6.6刷
定價 350 元

Printed in Taiwan
城邦讀書花園
www.cite.com.tw

著作權所有，翻印必究
ISBN 978-626-318-368-1

本書內容純屬虛構，如有雷同，全屬巧合

商周出版

廣　告　回
北區郵政管理登記
台北廣字第000791
郵資已付，免貼郵

104台北市民生東路二段141號4樓
英屬蓋曼群島商家庭傳媒股份有限公司　城邦分公司

請沿虛線對摺，謝謝！

商周出版

書號：BL8032　　書名：今貝世界　　編碼：

請於此處用膠水黏貼

商周出版

讀者回函卡

線上版讀者回函卡

感謝您購買我們出版的書籍！請費心填寫此回函卡，我們將不定期寄上城邦集團最新的出版訊息。

姓名：________________ 性別：☐男 ☐女

生日：西元________年________月________日

地址：________________

聯絡電話：________________ 傳真：________________

E-mail ：

學歷：☐ 1. 小學 ☐ 2. 國中 ☐ 3. 高中 ☐ 4. 大學 ☐ 5. 研究所以上

職業：☐ 1. 學生 ☐ 2. 軍公教 ☐ 3. 服務 ☐ 4. 金融 ☐ 5. 製造 ☐ 6. 資訊
☐ 7. 傳播 ☐ 8. 自由業 ☐ 9. 農漁牧 ☐ 10. 家管 ☐ 11. 退休
☐ 12. 其他________________

您從何種方式得知本書消息？

☐ 1. 書店 ☐ 2. 網路 ☐ 3. 報紙 ☐ 4. 雜誌 ☐ 5. 廣播 ☐ 6. 電視
☐ 7. 親友推薦 ☐ 8. 其他________________

您通常以何種方式購書？

☐ 1. 書店 ☐ 2. 網路 ☐ 3. 傳真訂購 ☐ 4. 郵局劃撥 ☐ 5. 其他______

您喜歡閱讀那些類別的書籍？

☐ 1. 財經商業 ☐ 2. 自然科學 ☐ 3. 歷史 ☐ 4. 法律 ☐ 5. 文學
☐ 6. 休閒旅遊 ☐ 7. 小說 ☐ 8. 人物傳記 ☐ 9. 生活、勵志 ☐ 10. 其他

對我們的建議：________________

____

____

【為提供訂購、行銷、客戶管理或其他合於營業登記項目或章程所定業務之目的，城邦出版人集團（即英屬蓋曼群島商家庭傳媒（股）公司城邦分公司、城邦文化事業（股）公司），於本集團之營運期間及地區內，將以電郵、傳真、電話、簡訊、郵寄或其他公告方式利用您提供之資料（資料類別：C001、C002、C003、C011 等）。利用對象除本集團外，亦可能包括相關服務的協力機構。如您有依個資法第三條或其他需服務之處，得致電本公司客服中心電話 02-25007718 請求協助。相關資料如為非必要項目，不提供亦不影響您的權益。】

1.C001 辨識個人者：如消費者之姓名、地址、電話、電子郵件等資訊。
2.C002 辨識財務者：如信用卡或轉帳帳戶資訊。
3.C003 政府資料中之辨識者：如身分證字號或護照號碼（外國人）。
4.C011 個人描述：如性別、國籍、出生年月日。

請於此處用膠水黏貼